本音を申せば

女優で観るか、監督を追うか

小林信彦

文藝春秋

女優で観るか、監督を追うか——本音を申せば◉目次

女優で観るか、監督を追うか——本音を申せば

装画　友田シトウ
装丁　大久保明子

美女と怪人

試写状を送って頂けるのは、まことに嬉しいし、最近はジェニファー・ローレンスの名前があると胸がドキドキする。ただ、寒さと多忙で、なんとも動きがとれない。われながら情けないと思うが。

ひるまに仕事をして、夜、ＤＶＤかブルーレイを観ることにした。

「あまちゃん」を熱心に観ていたので、ついでに、といっては失礼だが、大河ドラマ「八重の桜」も観た。いうまでもなく、**綾瀬はるか**がヒロインだからである。

いまや観客をゆっくり楽しませ、演技の突然の変化で感心させるといってもいい。彼女のここ数年の映画は大半観たが、「八重の桜」の最終回を観たあと、映画「リアル～完全なる首長《くびなが》竜《りゅう》の日～」の彼女を観たくなった。テレビで予告編をチラと観たせいもある。綾瀬はるかが岸壁のようなところをよじ登るショット（この記憶あいまい）だった。

――幼なじみで恋人同士の浩市（佐藤健）と淳美《あつみ》（綾瀬はるか）がいる……というのは原作の小説とは設定がちがうらしい。

漫画家の淳美は一年前に仕事に行きづまって自殺をはかり、昏睡状態におちいり、浩市は彼女を目覚めさせるために、〈センシング〉という最新医療によって彼女の脳内に入ってゆく。ここまでの筋からぼくが期待していたのは「ミクロの決死圏」である。

ところがそうはならない。「どうして自殺したのか」という浩市の問いに、意識の中の淳美は「首長竜の絵を探してきて欲しい」という返事をする。その絵を探すために、何度も彼女の脳内に入ってゆき、対話をつづける浩市。そんな彼の前に、奇怪な少年の幻覚が現れるようになる。首長竜と少年の謎。その先には、二人が封印した事件があった。

かつて二人が出会ったのは南海の飛古根島《ひこねじま》という孤島だった。ロケは八丈島で十日間おこなわれたというが、この島は開発計画の失敗によって崩壊した廃墟でもあった。ミステリー的要素があるから、こまかくは書けないが、紙に描かれていた首長竜が地上に姿を現し、浩市を追うというスペクタクルになる。このスペクタクルで物語は、かなり大きくなっている。

「キネマ旬報」六月下旬号で是安祐氏（助監督）はこう語っている。

〈（綾瀬さんは）スタッフとのディスカッション的なことも、ほとんどありませんでしたね。それは非常に細やかなニュアンスを緻密に演じていました。最初のテストからほとんどぶれない。決して天然なんかではないですね。黒沢さんは「天才肌だね」とおっしゃっていました。〉（「撮影現場より　リアルとアンリアルのあいだ」）

綾瀬はるかが、「僕の彼女はサイボーグ」あたりから単なる〈天然〉を脱したというぼくの古くからの説は、そう間違ってもいないようだ。「八重の桜」もまた〈天才肌〉説を証明している。

余談だが、ぼくの生れた年（一九三二年）の夏に現実の八重は亡くなっている。

年末ギリギリに、カール・ハイアセンという作家の「これ誘拐だよね？」（文春文庫）が送られてきた。

カール・ハイアセンというミステリ作家はハチャメチャな物語を作る人で、ユーモア・ミステリというよりも、暗黒お笑いミステリの専門家だ。近年、ミステリ離れをしているぼくは、文春文庫の三冊がこの人の翻訳のすべてだと思っていたが、扶桑社ミステリーや角川文庫からも訳本が出ていたのだ。

この作家の小説には、**非常に危険な人物**が登場する。文春文庫の「復讐はお好き？」にも出てきたと記憶するが、名前が伏せられていた。小説の舞台はフロリダ州であって、怪人物はこの州での環境破壊に怒りを抱いていた。カール・ハイアセン自身がジャーナリスト出身で「マイアミ・ヘラルド」紙在籍中に社会問題を告発する記事で有名になった。

ぼくはまだ、危険人物登場の第一作「大魚の一撃」を読んでいないのだが、スキンクという名前らしい。

「これ誘拐だよね？」の解説によれば、スキンクの本名はクリントン・タイリー、元カレッジ・フットボールのスター選手であり、ヴェトナム戦争の英雄、そしてフロリダ州知事まで務めた政治家である。余談だが、彼はスキンクの名で「これ誘拐だよね？」にも堂々と登場する。一九七〇年代の知事任期中に、彼は州政府の汚職体質と戦いつづけた。ところが――州議会が野生生物保護区の保護条例を撤廃し、開発業者への売却を認める決定を下したとき、反対票を投じたのはこの知事一人だった。クリントン・タイリーは失踪し、一切の消息を絶った。

ふだんのスキンクは、政治生命をかけて護ろうとしたフロリダ南部の原生林の中に隠れ住んでいる。自然林近くの道路ではときどき野生動物が車に轢かれるが、その死体はスキンクの栄養源だ。彼はマングローブの生い茂る沼の中にいくらでも潜んでいられるし、自然を破壊しようとする連中には天誅を加える。アメリカ人好みの怪人で、ターザンとアメコミのヒーローを混ぜたような存在だ。

「復讐はお好き？」、「迷惑なんだけど？」、「これ誘拐だよね？」の文春文庫三部作（？）をもう一度確かめようとして書庫をあさると、なんと「ロックンロール・ウイドー」という作品が十年ほど前に、文春文庫から出ているではないか！　おまけに扶桑社ミステリーの「幸運は誰に？」（上下二冊）も見つかった。ハイアセンは二〇〇四年に、その辛口コラムでデイモン・ラニアン賞を受けているが、この辺り、ぼくは片っぱしから読んでいたのだ。いかに物忘れがはげしくなったとはいえ、いやはや……。

とりあえず、一冊といわれれば、「復讐はお好き？」をおすすめしたい。どれも面白いのだが、「復讐はお好き？」はとりあえず読み易いのだ。

アメリカではドナルド・E・ウエストレイク、エルモア・レナードと同様の扱いを受けているというが、失敗作もあり、ドタバタが過ぎて、人によっては文庫本を投げ出してしまうおそれがある。

ハイアセンの小説には、現代の音楽や映画の題名が多く出てくるし、「これ誘拐だよね？」では、タランティーノの新作映画というホラも出てくる。コーエン兄弟とかペドロ・アルモドバル監督の新作なんて、いいかげんな話も出てきます。

（'14・1・16）

新年早々……

正月の朝、ゆっくり起きて、階下におりると、家族が「大滝詠一さんが亡くなりました」と言った。一月一日の朝（正しくは午前中）に訃報を聞かされたのは初めてだ。リンゴを食べていて椅子から崩れ落ちたというのだが、どうも事情がわからない。

といって、ひとに訊くわけにもいかない。大滝さんと親しい評論家を知らないわけではないが、いきなり電話をするわけにもいくまい。

あいにく、ぼくは大新聞というものをとっていない。とはいえ、十二月三十日に起ったことを知らないともいえまい。

〈KAWADE夢ムック〉の「大瀧詠一」の年譜によれば、初めて大滝さんに会ったのは一九八二年の夏である。大滝さんが〈老師〉と呼んでいる人がいて、ぼくが新宿紀伊國屋の喫茶店で流れる歌声に耳を傾けていると、「この音、気になるでしょう」と声をかけてきた。その喫茶店は、二階か三階にあったのだが、今はない。

ぼくは敗戦直後から米軍放送を聞いていて、日本の歌を知らない。しかし、大滝さんの歌声は一九四〇、五〇年代のFENめいていたから、興味がないとはいえない。〈老師〉は大滝さんの趣味を話して、一度会ってみたら、と言った。

ぼくは急ぐこともなく、本を一冊送った。深い考えからではない。

すぐに返事がきて、あなたの「日本の喜劇人」などはすべて読んでいるが、お願いしたいことがあるとのことだった。

ムック「大瀧詠一」によれば、一九八二年、

〈九月一日　小林信彦と出会う。午後三時から一一時まで会談。〉

とある。

初対面のわりに話が合ったから、八時間もしゃべったのだろう。ぼくは他人が苦手だが、気が乗るとこういうことになる。

用件の一つは、トニー谷のCDを出すので解説を書いて欲しいということ、もう一つはクレイジー・キャッツの全CDを準備中とのことだった。そうそう、もうすぐ金沢明子で「イエロー・サブマリン音頭」をレコーディングするとも言っていたな。

なんやかや話して、自分の車で帰っていった。それが十一時ということだ。

そのころ、フジテレビのお笑い番組で素人が「ガチョーン」などと変な手つきをしていた。

それはまことに良くないというので、二人で谷啓さんの家を訪れ、〈正しいガチョンのやり方〉という写真を撮らせてもらう約束をした。

これが入った一九八三年のキネマ旬報別冊が「テレビの黄金時代」で、わりに売れたと思う。

なぜかTBSの廊下で、谷さんに「ガチョン!」をやってもらい、大滝さんとぼくが立ち合った。夜中でもあったし、変な連中と思われただろう。

大滝さんのエルヴィス、クレイジー・キャッツ好きがはっきり出た「ゴー!ゴー!ナイアガラ」(TBS)は八三年の三月二十九日に放送終了になった。

八四年の一月二十八日に、

〈小林信彦と赤坂プリンスホテルで単行本『ゴー!ゴー!ナイアガラ』(自由国民社)の対談(一五時―二二時)。〉

とあるのは確かで、弘田三枝子と坂本九が話の中心になった対談だったと思う。二十二時からメシを食べに行ったのも確かだ。

同年三月に、彼の最大のヒットの「ア・ロング・ヴァケーション」につづいて「イーチ・タイム」が出た。

なにかの用で、六本木の彼のオフィスに行くと、オフィスをしめる準備をしている。きいてみると、「イーチ・タイム」の売れゆきがよろしくないためらしい。

一九八五年に、池袋でやった「小林信彦Live」に彼は出演してくれた。池袋スタジオ20

0。このときは、青島幸男が出てくれたから、観客がずいぶん多かった。青島センセはともかく、大滝さんもぼくも、めったに人前に出ないからだろう。

以後、大滝さんとは電話でのやりとりが多かったが、ぼくは三時間ぐらい平気でしゃべるのが申しわけなくなって、やめた。彼からはCDをずいぶん送られていた。

一九九一年にNHKホールで「植木等・ザ・コンサート」をもよおした時は、いっしょに見た。

一九九四年五月一日に「山下達郎シングス・シュガー・ベイブ」記念コンサートが中野サンプラザで演奏されたときは、妻と長女と共に見せて頂いた。長女は山下達郎ファンで、今でもファンクラブに入っている。


これらのほかに想い出すのは、一九八五年に福生《ふっさ》のお宅にお邪魔したことだ。

小林旭の「熱き心に」が出来上ったというので、半分は有名なお宅を見に行ったのだが、ぼくは横浜の米軍ハウスに住んでいたことがあるので、びっくりすることはなかった。

それよりも、「地獄の黙示録」の大スクリーンを、とんでもない音で見たことで、大滝さんは「この音は中年向きです」とすましていた。ハワイの劇場で見たときよりも大きな音だったように思う。

渡辺武信さんがいっしょだったので、旭の話をえんえんとしたが、車でハンバーガー屋に案内され、その大きさに閉口した。

のちに〈キネ旬ムック〉で「小林旭読本」を共に編集したが、これは失敗した。大滝さんも怒ったらしく、ぼくも怒り、これでは面白いものは作れない。楽しく仕事ができないと、きまってこうなる。

大滝さんの訃報のあと、二、三日、ぼんやりしていた。

事情がよくわからないからで、これは正月にぴったりぶつかったからだ。

ラジオで、二、三、〈福生の奇人〉といった扱いの放送をやっていたが、もっとも親しいはずのニッポン放送のが良くなかった。

実は、今夜（八日）、TBSで萩原健太さんの放送があるので、それをゆっくり聞くつもりだ。大滝さんにずいぶん手紙をもらって、その返事も書いていないし。

（'14・1・23）

（大滝詠一と書いたが、正式には大瀧詠一です。KAWADE夢ムック「大瀧詠一」は二〇〇五年に出たもので、二〇一二年に増補新版初版が出ました。）

新宿エリアの映画館

寒い。異常に寒い。

おかげで、試写はもちろん、映画館へも行けない。新聞を見ていると、ぼくと同世代、どころか一《ひと》まわり以上したの人が亡くなっている。昨日など、東京で最高気温が四度である。

同年の人が亡くなると、小説はもちろん、映画の話ができなくなる。

たとえば、神保町に点々とあった映画館の話はほとんど不可能だ。

そこで、新宿にあった数々の映画館を想い出したりする。渋谷にあった映画館もなつかしい。戦前から映画が盛んだった新宿とちがって、渋谷は闇市の町であった。巨大な闇市のあいだに、焼け残った映画館があり、ただし、数は少なかった。

映画を見る環境も良くはない。闇市に物資がトラックで運ばれてくる時間を調べておいて、トラックが着く直前に見る。ビリー・ワイルダーの「失われた週末」を見ると、アルコール中毒の話など、闇市の前後にぴったりである。

この映画は一九四八年（昭和二十三年）の輸入作だが、前年の一九四七年となると、「キネマ旬報」の洋画の一位がヒッチコックの「断崖」で、二位がジョン・フォードの「荒野の決闘」である。「断崖」は今となっては秀作とはいえないが、ケイリー・グラントとジョーン・フォンテイン（先日亡くなった）がなんとも良い。ケイリー・グラントは妻殺しを疑われている男で、白く光る牛乳のコップを持って階段を上ってくる強烈なシーンで有名になった。

原作とはラストがちがうのだが、ケイリー・グラントが演じると、実に怪しい人物だった。ぼくは「此《こ》の虫十万弗」というケイリー・グラントの軽喜劇をすでに観ていたので、達者きわまる演技にいつもうっとりした。

その点、新宿は約二十の映画館があったので、混んでいても、入れないことは、まずなかった。

新宿でもっとも大きく、信用のある映画館は中村屋の角を入ったところにあった武蔵野館であった。

この映画館については、新宿区役所から一冊の本が出ているが、落ちついて観られることは確実であった。アート紙のその本は書庫に入れたので、すぐには見当らないが、たしか三階まであって、フロアによって値段がちがっていたと思う。

徳川夢声が弁士をしていた時代もあったというから古い。今も〈武蔵野館〉という映画館はあって、1、2、3と三つぐらいになっているが、狭さが論外である。

旧武蔵野館はセシル・B・デミルの「大平原」やキャプラの「スミス都へ行く」のような〈戦前の大作〉を観るのが第一の目的だった。とてつもない広さの中で、ぼんやりと、あるいはしっかりと、次々に起る事件の展開に吸い込まれてゆくのが幸せである。

新宿で大きな映画館といえば、帝都座（のちの新宿日活）もそうだった。戦前の〈東京の四館〉といえば、武蔵野館と帝都座が入るだろう。

帝都座の誕生は一九三一年（昭和六年）だが、五階にダンス・ホールがあったことをぼくは知らない。

戦時中はクローズしていて、戦後、一九四七年（昭和二十二年）正月に〈新宿帝都座五階劇場〉としてオープンする。出し物は「ヴィーナスの誕生」だが、広く〈額縁《がくぶち》ショー〉と呼ばれた。アイデアは秦豊吉《はたとよきち》であり、日劇ミュージックホールの作者でもある。

十九歳のダンサーが額縁の中で半裸でポーズをとっている。少しも動くことはできない。黒いカーテンを開いて、ほんの四、五秒で閉めたというが、大衆が押し寄せ、連日、超満員になった。身体を動かすな、とか、ブラジャーをしろ、といった規制があったが、男たちは競って細い階段を五階まで登った。エレベーターはまだなかった。

いわゆるストリップ劇場をやめ、一九四八年（昭和二十三年）十月に映画館〈帝都名画座〉に衣替えする。

初めは邦画を上映していたが、一九四九年（昭和二十四年）一月から〈欧米優秀映画特選上映〉に変る。第一回は英国のデヴィッド・リーンの「逢びき」だったらしい。定員四百三十名だから、名画座としては立派なものである。

ぼくはすでに他の劇場で「逢びき」を観ていたが、一九五〇年になると、〈帝都座〉が〈新宿日活〉の名になったので、ヨーロッパ映画をやたらにここで観た。ヨーロッパ映画ではない「カサブランカ」も、ここでノートをとった。当時は「カサブランカ」はすばらしいとは思わなかった。

新宿には他に、新星館（紀伊國屋書店横）、地球座、武蔵野館地下劇場、新宿国際劇場、新宿国際名画座、新宿東宝地下などの名画座があった。帝都座改め新宿日活は、裕次郎・旭映画の封切館になり、洋画をやめた。

新宿歌舞伎町は長いあいだ、映画ではパッとしなかった。コマ劇場をどう使ったらよいか困っていたという説がある。

一九五六年（昭和三十一年）十二月から初の70ミリ映画「オクラホマ！」を公開した。ぼくは一九五七年（昭和三十二年）の正月に行って、入れなかったのを覚えている。

これより前、アメリカのテレビ発足と入れちがうように、〈シネマスコープ〉第一作「聖衣」が有楽座で公開され（一九五三年十二月）、新宿ではコマ劇場の前の新宿劇場で上映された。新宿劇場はシネマスコープ専門館で、「百万長者と結婚する方法」、「帰らざる河」といったシネマスコープ作品を送り出し、コマとシネマスコープ、さらに作られたミラノ座といった劇場によって、映画を観るなら歌舞伎町という流れが出来た。

この流れはコマ劇場の終りまでつづいた。

コマが終り、新宿東映の後身の新宿バルト9《ナイン》、新宿松竹の後身の新宿ピカデリーの二つのシネコンが完成したら歌舞伎町は淋しくなる、と評論家が叫んでいたのは当った。

ただし、新宿バルト9も新宿ピカデリーも、席を予約するといった日本のシネコン独自の欠点を持っているから、これがマイナスになる。

映画館はフラリと入って……という気分がないと、つらい。

ジブリ作品とアメリカの大作映画が少くなると、現在の興行形態はいやでも崩れるという。

一九五〇年代という日米映画のピークの時代を通りすぎたぼくも、そんな風に考える。

（'14・1・30）

犯罪と生と死

「あまちゃん」以後、テレビドラマを観ることがない。たまに刑事物を観ることがあっても、全部は観ない。たいてい、ラストシーンのみである。

テレビ朝日開局五十五周年記念として、二夜連続松本清張ドラマスペシャルをやったが、第一夜（一月十八日）の「三億円事件」を観ることにした。保険会社員を田村正和が演じたからである。

「三億円事件」がおこったのは昭和四十三年（一九六八年）。白バイ警官に変装した男が府中市内で日本信託銀行国分寺支店の現金輸送車を襲い、現金三億円を強奪した。これは大事件だった。テレビドラマや映画にもなり、昭和五十年十二月十日に時効が成立した。

このころ〈三億円〉というのは大変な額である。しかも〈強奪〉というのは正確な呼び方ではなく、実は単なる窃盗罪であった。少年めいたモンタージュ写真は作りものであり、名刑事、平塚八兵衛警視（だれでも名前を知っていた）は時効成立直前に警視庁を退職していた。

奪われた約三億円のボーナスには保険がかけられ、さらにこの保険には外国の再保険がかけられていたのだ。結果として日本人は一円も損をせず、事件の翌日には社員に対してボーナスが支給された。

松本清張の原作は忘れてしまったが、ドラマを見る限り、アメリカの保険会社が三億円の三分の二を支払っていた。田村正和演ずるアメリカの保険会社の査定部長の来日は、犯人に五十万ドルを賠償させる目的があった。

この事件についての、犯人が少年だったとか、その少年の親は日本の警察の大物だったとか、だから少年を消してしまったのだといった噂が世間にひろがっていた。松本清張原作（案？）のプロットはよくできているし、田村正和も快演だったと思う。結局は、どうにもならないという結論は世論の通りである。


第二夜（一月十九日）は昭和三十四年三月のスチュワーデス殺し事件。清張の作品としては長い「黒い福音」である。

ベルメルシュ事件として世に知られるもので、ベルギー生れのベルメルシュ神父が中心人物である。

BOAC（英国海外航空）のスチュワーデスである武川知子（ドラマでは生田世津子）が杉並区の善福寺川にあおむけになって浮んでいた。高井戸署はこれを自殺と見たので、捜査の第一歩ですでにつまずいた。

解剖は慶応大学法医学科。外傷はないが、扼殺《やくさつ》という線が出た。膣内《ちつない》から精液が検出されたのである。清張によれば、警視庁はベルメルシュ神父の犯行と見て独走し、新聞社はあとを追った。

武川知子は男性にはルーズという見方も出てきた。一方、ベルメルシュ神父の属していたドン・ボスコ社は警視庁の調べに対して強く抵抗した。

ベルメルシュ神父はドン・ボスコ社の会計主任だった。当時、外国人神父による闇物資調達事件は多く、ベルメルシュ神父はさらに〈第三のある男〉にあやつられていたという説もある。一方、武川知子はしつこいベルメルシュ神父を避けるようにしていたらしい。事件に関しては、ベルメルシュ神父にアリバイはない。犯行時刻に撮られた、関係者一同の写真が残されていて、そこにベルメルシュ神父の姿はない。

松本清張はベルメルシュ神父のみがクロと言っているわけではない。

ベルメルシュ神父は六月十一日午後七時半、エール・フランスで帰国の途《と》についた。警視庁は翌朝これを知って呆然とした。外務省もショックを受けた。こうして事件はあいまいに終ってしまう。神父がどうやってエール・フランスに乗れたのかといった疑問は清張も〈やや自分の妄想か〉といった言葉でボカしている。

ぼくが考えても、この二つの事件は〈どうしようもない〉という点でよく似ている。下山事件や松川事件の謎ともちがう。すべてをＣＩＡのせいにして終る事件ではない。三億円事件は犯人を女の子にした映画があったが、そういう形にできるものではない。

大瀧詠一氏の仕事に関しては、一月二十一日の夜、TBSラジオで二時間にわたって分析したのが面白かった。発言者の一人が「『ア・ロング・ヴァケーション』からあとだけを説明した言説ばかりでは仕方がない。それより前が重要なのだ」と言い張ったのが納得できた。

ぼくは一九六〇年代に坂本九のショー番組を三年半ばかり手伝っていたので、その時のあれこれを大瀧氏の資料用テープに入れるため、今のフジテレビに行ったことがある。

坂本九の前に弘田三枝子の番組を手伝ってもいたので、ぼくは弘田三枝子が好きだったと言った。

渥美清とぼくが弘田三枝子を好きだったのだが、大瀧さんも「日本では美空ひばり以外では、『ヴァケーション』のころの弘田三枝子を天才だと思っていた」とラジオで語っていた。

その大瀧さんからいろいろな人（作曲家）の語りをまとめたディスクをもらったので、寝室に積んであるが、その中に〈野球〉1、2、3というのがある。さすがに、まだ、聞いていないが。

音楽関係（?）の人にまったく会っていないので、大瀧さんに会えないという事実が自分でも納得できない。

向うが忙しいであろう（「イーチ・タイム」の三十周年記念盤が出るだろうし）と思って、電話や手紙を遠慮していたのだが、こうなると、なるべく人に会った方がいいだろうか、と思わぬでもない。

センチメンタルだと笑われるかも知れないが、大島渚、谷啓その他その他、やはり会っておくべきだった。

若いときに、いつでも会えると思っていた人が、ふっと消える。トシというものは、そうなのだと思う。

今日、ある人から手紙をもらったのだが、クリント・イーストウッドにしろ、ずっと元気かどうかあぶない。もっとも、ぼくの家でいえば、ぼくがもっともあぶないだろう。

新しいＤＶＤ、ブルーレイもいいが、戦後すぐのケイリー・グラントの映画など、ゆっくり観ておくべきではないかと思う。

（'14・2・6）

世にも楽しい「もらとりあむタマ子」

ささやかな映画でも、観ておかないと落ちつかないことがある。

たとえば、ニコール・キッドマンの「記憶の棘《とげ》」、ルーシー・リューの「ブラッド」など、楽しくてたまらなかった。「ブラッド」を上映した渋谷の館などはつぶれてしまったが、館の前の坂を上るたびに血まみれの映画を思い出す。

そういう心理のつづきで「コンプライアンス—服従の心理」を観た。二〇一二年の作品だが、観忘れて、ブルーレイ・ディスク（東宝）で観た。公開時、つい忘れてしまったのだが、やはり観てよかったと思う。

——アメリカの田舎のファストフード店、朝からにぎわっている金曜日の事件だ。

ごたごたしている店に警察官と名乗る男から電話が入った。店長のサンドラはふつうなら警察に確認するのだが、相手はある女性店員に窃盗の疑いがかかっていると言い張り、そのブロンドの店員の身体検査を命じた。サンドラはその指示に忠実に従う。とはいえ、ブロンドでやせて色白な店員の検査を自分でやるのは気がすすまない。少し生意気なところはあるが、兄がクスリをやっているぐらいで、仕事はちゃんとやっているからである。

自分で少女を裸にするのはいやなので、若い男の店員に任せようとするが、まともな男はそんなことをしたくない。店長の婚約者なるヨッパライがいて、電話はこの男に任せる。ヨッパライだから、ふらふらしながら少女を裸にし、性的な行為に及ぶ。少女は裸の上に店のエプロン一枚しか着ていない。

この事件が厄介なのは電話をかけてきた男の正体がわからないことである。少女に恥をかかせたのはファストフード店であり、犯人ではないという論理もある。(映画の中には犯人の顔が出てきて、三十代で百八十センチの男とわかる。)

本物の警察がファストフード店に電話をかけると、警察(?)からの電話がえんえんつづいていると告げられる。警察はびっくりして犯人を追いかける。

この映画がおそろしいのは、頭のおかしい男が何時間も間接的に少女に暴行する、というアイデアにある。監督、脚本、製作はクレイグ・ゾベル。大昔の新東宝映画のようで、役者はほぼ無名だ。

犯人を追う警官はニューオーリンズからきたと名乗り、それじゃ何もわからないはずだと関係者に笑われる。

映画のタイトルには〈この物語は真実に基づく〉という大きな文字が出、こうした事件はアメリカ全土で過去に約七十件ある、という文字がラストで出る。こういうおどかしが出るアメリカ映画は、過去に何回か観ている。

俗にいえば、アメリカ社会の盲点をつくサスペンス映画というのだろう。

前田敦子の「もらとりあむタマ子」を観るために吉祥寺のバウスシアターというところに出かけた。

体調が悪いのだが、生れて二、三回しか行ったことのない吉祥寺まで出かけた。映画館がなかなか見つからない上に、「もらとりあむタマ子」の他にも良い映画がかかっている。

しかし、その映画は一日一回で、あとは「もらとりあむタマ子」をずっと上映するのだ。監督も脚本家も信用できるので、夕暮れで風が冷めたい劇場で、とりあえず前田敦子の映画を観ようと思った。この日あたりに観ないと、東京では観るのが厄介になってくる。

東京の大学を出て、就職をせず、父の善次（康すおん）がひとりで暮す甲府の実家に戻ってきたタマ子（前田敦子）は父のスポーツ用品店を手伝うでもなく、眠りつづけている。〈もらとりあむ〉とはこのことだ。

カメラにお尻を向けて眠っているタマ子は、その〈いぎたなさ〉が、他の若い女優にはできない演技だ。演技というのか、うまいというのか。

マンガを読んでいて夕食の時間になると、テレビを見ながら「ダメだな、日本は」と吐きすてるように言う。父親が「ダメなのは日本じゃなくてお前だ」と叱ると、タマ子は「その時がきたら動く」といっぱしの言葉を吐く。

大みそかがくる。タマ子はわずかにカレンダーを片づけて、また、こたつに入る。善次と母は離婚しているのだが、タマ子はそれで暗いわけではない。年越しそばを食べながら、ケータイを操作しているタマ子に、父は「食べるかケータイか、どっちかにしろ」と言う。

春——。美容院で髪を切ったタマ子はムッとする。鏡の中の自分自身がイメージとちがうのだろう。どうやら履歴書を送るつもりらしい。タマ子は買ってもらったばかりの服を着て、中学生に履歴書用の写真をとってもらう。ゴミ箱から丸めた履歴書をひろい上げた父親は失笑。履歴書を送ろうとした相手は芸能プロダクションだったらしい。

夏——。クーラーが効いている居間で、タオルケットに包まれてマンガを読むタマ子。タマ子は善次がアクセサリー教室の先生、曜子（富田靖子）を紹介されたことを知り、中学生と二人でアクセサリー教室を偵察しに行く。そこで、タマ子は先生と初めて顔を合わせて、いっきにまくしたてる。

「父といっしょにいるといらいらしますよ。一番だめなのは、私に家を出て行けと言えないところです。父親として失格なんです」

父の再婚話にタマ子の心が揺れる。彼女がアクセサリーの先生に向って長い台詞を言うのは秀抜なシーンだし、先生が「タマ子ちゃん、面白いから」と言うのも、ぼくは良いと思った。

ぼくは青春映画が好きなのである。

若いころ、ヨーロッパの青春映画ばかり観ていたせいもあろうが、さすがに「コンプライアンス」のような少女いじめに徹した映画には弱い。

「もらとりあむタマ子」は、その点、ヨーロッパ映画を思わせるし、成瀬巳喜男の映画を思わせるところもある。

ただ、タマ子がふてくさって、ぐーたらであるところは昔のヨーロッパ映画にはめったにないが、〈父と娘〉ものは日本映画に多かったと思う。

それにしても、前田敦子は呆れるほどうまい。甲府生れ、趣味・カメラ、特技・人間観察という若い女性が、映画の中に寝そべっている気がする。

（'14・2・13）

〈ベストテン〉というもの

毎年、暮れから翌年の二月ごろにかけて、〈ベストテン〉という行事がある。むかしの言葉でいえば〈十傑〉で、優れた推理小説や映画を年に十作えらぶのである。昔は純文学などもあったと思うが、今はほとんど消えた。芥川賞、直木賞その他があるからだろう。

もっとも消えずにいるのは、映画である。これは、今年でいえば、三月三日（日本時間）にアメリカでアカデミー賞の祭典があるからだ。

アカデミー賞の第一回授賞式が開かれたのは一九二九年五月十六日、ハリウッドのローズベルト・ホテルの大広間であった。

一九二九年は、アメリカで〈事件の年〉として知られる。

セント・ヴァレンタイン・デイにシカゴで大虐殺がおこり、ハーバート・フーヴァーが大統領に就任した。ニューヨークではエンパイア・ステイト・ビルの建設が始まろうとしていた。

ホテルに集った二百人の目的は第一回アカデミー賞の受賞者をたたえることであった。のちの授賞式のような派手さはまったくなかった。

なぜなら、受賞者名は三カ月前の会報にのせられていて、人々をハラハラさせるような演出はなかったのだ。パーティの様子はロサンゼルスの新聞に小さくのせられただけで、全国紙もラジオも無視した。テレビはまだ存在していない。

助演賞の登場は一九三六年からで、それまでは主演者と助演者の区別はなく、男優と女優の区別だけがあった。第一回の授賞式は四分少しで終った。

トーキーへの転換期ではあったが、音入りの「ジャズ・シンガー」に特別賞があたえられた以外は、すべてサイレント映画が授賞の対象となった。特別賞として「サーカス」のチャップリンも表彰されたが、彼はリタ・グレイとの離婚のスキャンダルの渦中にあり、ホテルには現れず、黄金の像が自宅に運ばれたときも喜ばなかった。

第二回の授賞パーティはロサンゼルスの地方局が一時間にわたってラジオで実況放送した。作品賞の「ブロードウェイ・メロディ」をはじめトーキー映画が圧勝した。

「コケット」におけるメアリー・ピックフォードが問題になった。〝アメリカの恋人〟メアリーの映画入りはもう二十年前のことであり、百五十二センチの彼女も三十代になれば、とし相応の役をやらねばならなかった。映画はメロドラマだが、南部娘の役としては〈あまり達者でない南部弁〉と批判された。ひとことでいえば、ミスキャストだった。

ただ、夫のダグラス・フェアバンクス・シニアがアカデミーの会長であり、ユナイテッド・

アーティストの重役でもあるメアリーは、この世界で大きな勢力を持っていた。もっとすぐれた女優がノミネートされているのに、彼女だけが〈政治的な基準で〉受賞者になった。アカデミー賞にまつわる噂の始まりである。

一九二九年といえば、十月二十四日、ニューヨーク株式市場の大暴落とともに、六百五十九の銀行が倒産した。あくる一九三〇年には一千三百五十二行と、さらに増えた。

街には失業者があふれ、リンゴを売ってその日をしのぐ人々が目立った。

しかし、一九三〇年の映画界は〈わが世の春〉だった。一週間に映画館に押し寄せる観客は一億一千万人。三年前の倍近いといってもよい。

不況とはいえ、映画は舞台よりずっと入場料が安かったし、映画は大衆を夢の国につれて行ってくれた。

もっとも大きな理由は、一九二九年のうちに、アメリカ映画はサイレントであるのをほぼやめて、大半がサウンドを入れていたのである。

こうなると、ブロードウェイの舞台、ラジオ、レコード界の人気者——しゃべり歌えるタレントがハリウッドに集まってきた。サウンド時代の到来——映画は新しいエンタテインメントに生れ変った。

一九三〇年四月三日、アカデミー賞の第二回晩餐会はアンバサダー・ホテルでおこなわれた。くりかえすようだが、勝ったのはサウンド映画（トーキー映画）だった。作品賞、男優賞、女優賞、監督賞、撮影賞、美術賞は、いずれもトーキー映画（またはパート・トーキー映画）から選出され、脚本賞だけがサイレント映画にあたえられた。

一九三〇年四月から七カ月後の十一月五日、アンバサダー・ホテルでは次のアカデミー賞の晩餐会がおこなわれた。一九三〇年には、二回、授賞式が開催されたのだ。

授賞式を早めた理由は深刻であった。大恐慌の影響がハリウッドにあらわれてきたのである。サイレントに固執したのはチャップリンほか少数で、陽気なシャンソンとパリ訛りの英語のモーリス・シュヴァリエがフランスから招かれた。「ラヴ・パレード」、「チューインガム行進曲」の二作で男優賞候補になった。ただし、作品賞受賞作が反戦映画「西部戦線異状なし」だったのは、混乱の中でも、アカデミー賞に権威があったことの証明だろう。

映画界はますます賞を盛り上げる必要があった。大都市では失業者のデモや飢餓行進がつづき、映画人口は急カーヴの下降線を描き、映画館の閉館が続いた。映画界の経営陣も混乱にまき込まれた。

第六回アカデミー賞（一九三二〜三三）は一九三三年にはおこなわれず、年を越して、三四年三月におこなわれた。司会はヴォードヴィリアンで映画スターのウィル・ロジャースだった。キャサリン・ヘプバーンが「勝利の朝」で女優賞をとり、男優はチャールズ・ロートンが賞を得て、そろそろ今の形のアカデミー賞に近くなる。アカデミー賞を意味する〈オスカー〉もこの年に作られた言葉である。

日本アカデミー賞はこの春で三十七回になる。

この賞は、賞の配分の仕方を見てもわかるように、アメリカのアカデミー賞を真似ている。

（もっとも、香港や中国、台湾の映画祭も、欧米諸国のものも、ほぼ似ている。）

（'14・2・20）

〈ベストテン〉というもの 2

アメリカで続いた〈大アクション映画〉が力を失っていることは、すでに述べた。この動きの中心になっているのは、シルベスター・スタローンである。

この人はとにかく、新しいアイデアがある。そして、脚本が書け、演出ができる。身体は大きくないのだが、大きく見せることがうまい。「ロッキー」シリーズが終っても、次のアイデアを出してきた。往年のアクションスターを何人か集めて、〈大作〉を作るシステムである。

昔でいえば、バート・ランカスターがこうであった。エージェントのハロルド・ヘクトと組んで、〈ヘクト・ランカスター・プロ〉を作り、大スターのゲイリー・クーパーを招いて冒険活劇「ヴェラクルス」を作り、さらに有名になった。

「地上《ここ》より永遠《とわ》に」、「エルマー・ガントリー」で役者開眼し、「エルマー・ガントリー」（一九六〇年）ではアカデミー主演男優賞を手にした。それらの中に、スタローンを思わせる集団アクション映画「プロフェッショナル」があるのが面白い。

日本映画で好調なのは、病人の家族を抱えた一家もので、今年になっても作られている。これは日本が得意とするジャンルといってもいい。

ただ、ガンや目が見えない男女が売り物では観客が飽きてしまう。明るい作品はないのか。すでに何作か作られているが（「純喫茶磯辺」が秀作）、昨年に観たのでは益田ミリの漫画をもとにした御法川修監督の「すーちゃん　まいちゃん　さわ子さん」がすっきりした作品であった。

かつてアルバイト仲間だったすーちゃん（柴咲コウ）、まいちゃん（真木よう子）、さわ子さん（寺島しのぶ）の三人が中心で、彼女たちは今でも仲が良い。

寺島しのぶが年長（三十九歳）、柴咲コウと真木よう子がともに三十四歳という設定である。

驚いたのは戦前の女優、風見章子が寺島しのぶの祖母役で、寺島しのぶは祖母の介護の日々ということになっている。

柴咲コウは料理好きで、カフェ勤務十数年、店の店長になっている。店の中をテキパキきりまわすベテランだ。

真木よう子はOA機器メーカーの営業ウーマンで、恋愛に気が散っている。

三十代女性が、それでも、たまに集って、近況を話すという設定は良いと思う。人物像がベタベタしないで、サラッとしているのは、脚本、演出の効果だろう。

ラストの丘の上で、すーちゃんとさわ子さんが、「まいちゃんはこられないわねえ」と話していると、まいちゃんがゆっくりと現れる。みごとなラストシーンというべきか。最近の日本映画のひろいものであった。

これはひろいものだったが、昨年の「キネ旬」ベスト・テンを見ると、七十一位である。これは単純な不幸で、小さな映画館でチョコッと上映しただけだからだ。堀北真希の「麦子さんと」も評判が良かったが、三十二位というところにいる。

昨年の「キネ旬」ベスト・テンでいえば、ぼくは「風立ちぬ」と「さよなら渓谷」、「もらとりあむタマ子」を観て、いずれも感心しているが、「ペコロスの母に会いに行く」や「かぐや姫の物語」、「そして父になる」を観そこなっている。昔だったら、当然観ている作品だが、ぼくが病気になったのが主たる理由で、まだ映画館へ行っていない。映画批評家ともなると、試写状がきたりするのだろうが、ぼくは小さな映画館の場所と時間を訊いて、出かけるのがようやくだ。八十一という年齢もジャマしている。映画好きの友人は大半亡くなってしまった。

しかし、それは理由にならないので、ぼくはムリに観ようとする。東京新聞の映画スケジュールを確めようとするが、残念ながら、ぼくの身体は疲れていて、とくに悪いのは白内障というやつだ。

ただし、もともと、内外の映画のベストテンのすべて（あるいはもっとの数）を観なければ気がすまないという気質ではない。

邦画なら、好みの女優、監督、脇役の映画は片っぱしから観るが、好みでない作品はどうでもいい。これは若いときからそうだった。ジョン・フォードの映画は必ず観る。それも、一回ではなく、二、三回観て、今回はベン・ジョンソンの馬の乗り方がいつもとちがう、などと考えている。いまだったら、おたくといわれたりするだろうが、当時風にいえば〈マニアック〉である。

ジョン・フォードならマニアックでもおかしくないが、「結婚五年目」のプレストン・スタージェスという監督の映画となると、そうはいかない。彼の代表作の「レディ・イヴ」が日本のテレビ（カット版）で「淑女イヴ」として放映されるというと、必ず観てゲラゲラ笑ってしまう。劇場では上映されなかった「レディ・イヴ」は、ぼくの喜劇映画のベストテンに入ってしまう。

つまり、ぼくの青年時代までは、喜劇のベストテン、恋愛映画のベストテン、活劇映画のベストテン、その他その他、ジャンルごとのベストテンがあって、監督、役者のベストテンが決っていたのである。もちろん、女優のベストテンもあり、ジョーン・フォンテインという女優など、東京都港区出身ということまで、すばらしさの条件になっていたのである。さらにヒッチコックの「レベッカ」、「断崖」で主演をし、フレッド・アステアと「踊る騎士《ナイト》」で踊っているからエラい、と、もう信仰的なファンになる。

ハリウッドのベストテンが信用できないのは、スコセッシ×ディカプリオはすばらしいという別な信仰があるからだ。スコセッシは「アビエイター」という映画で、平凡な女を高名な実在のスターにデッチ上げたり、ディカプリオに主演男優賞をとらせようとしたりで、まったく信用できない。

スコセッシにくらべれば、「ラッシュ／プライドと友情」のロン・ハワード監督のいかに堂々としていることか。スコセッシとロン・ハワードをくらべただけで、どちらが賞にふさわしいか、すぐわかる。

日本アカデミー賞にしても、かつては真木よう子が無視されたとしても、「さよなら渓谷」でのすばらしさは、溜息しかない。賞というものは、こういうものだ。

（'14・2・27）

〈ベストテン〉というもの 3

かつて、ベスト・テンなるものには裏があった。いまの事情は知らない。

一九七三年（昭和四十八年）といえば、すでに四十一年前の話であるが、「仁義なき戦い」が封切られた年でもある。

この年の奇怪な事実は、評論家の選ぶベスト・テンで一位をとった「津軽じょんがら節」が〈読者選出によるベスト・テン〉では一点も入っていないことである。読者がベスト・テンを選ぶ時点で、作品がまだ公開されていなかったのだった。

ぼくはよく知らなかったのだが、〈その年の十二月二十日までに公開された作品〉というのが、ある〈権威ある映画雑誌〉のルールだったらしい。

評論家によるベスト・テンを見ると、「仁義なき戦い」と「仁義なき戦い　代理戦争」が二位と八位に入っている。脚本賞は笠原和夫、男優賞が菅原文太、読者選出日本映画監督賞に深作欣二が入っている。それなのに、この映画がなぜ一位をとれなかったのか？

裏側のことは知らないが、ぼくは「仁義なき戦い」の二、三本はベスト・テンに入るだろうと思っていた。いろいろ噂はあったが、この作品が無視されることはないと決めていた。（げんに読者選出ベスト・テンでは、「仁義なき戦い」、「仁義なき戦い・広島死闘篇」〔これは第二部〕が入っている。）

では、ベスト・テンで斎藤耕一監督の「津軽じょんがら節」が一位になったのはなぜか？

「新版　戦後キネマ旬報　ベスト・テン全史　1946‐1987」にはこうある。

〈ベスト・テン1位となった斎藤耕一監督作品「津軽じょんがら節」が、読者によるベスト・テンでは1点も入っていない。それもそのはずで、ベスト・テンを選ぶ段階では同作品はまだ正式には公開となっていなかった。〝その年の12月20日までに公開された作品〟というのが、キネ旬ベスト・テンの規定である。それに合わせるべく、「津軽じょんがら節」はギリギリのところで、有料試写会という形で上映して、選考対象の資格を得たのである。そしてトップ入選。ウルトラC級の大逆転の受賞だった。〉

この頃、「仁義なき戦い」への反発は容易なものではなかった。つまり、「仁義なき戦い」を受け入れるのか拒否するのかが、この年のベスト・テン選出のひとつの目安となったといえる。

その冬、テレビで奇妙な光景を見た。

戦前派の批評家が、深作欣二につめ寄って、「どうして、好んでああいうヤクザを描くのか」と質問したのである。

深作は、「あれは実際にあった人間関係ですから」と、失笑しながら答えていた。

「しかし、若い者に見せたら、不良になるぞ」

「会社の仕事として作っているのですから」

深作欣二は苦笑した。

四十一年後の今日、「津軽じょんがら節」を記憶している人は少いだろう。一方、「仁義なき戦い」五部作は小映画館やＤＶＤで上映されている。

笠原和夫も深作欣二も亡くなったが、作品はみごとに残った。

海外のベストテン作品でも、いろいろな噂があるようだが、時間が経てば、こんなものである。

ただ、向うのアカデミー賞に迫力を感じるのは、ブルース・ダーンのような老人やケイト・ブランシェットのような主演女優、ジェニファー・ローレンスのような新人女優が候補に上ってくることで、容易には使いすてにしない。

まして、封切られていない作品が、ベストテンに入ってくることなどはない。

少し時間がズレるが、ユセフ・トルコという元プロレスラーが八十三歳で亡くなった。去年の十月十八日だという。

日活の「俺の故郷は大西部《ウエスタン》」（一九六〇年）など、映画にもずいぶん出ていた人だが、むかしNHKで彼に水の中に投げ込まれる役をやらされたことがある。

もともと、ぼくはプロレスなど大きらいなのだが、他人のギャグを見るのは好きなので、プロレスとはギャグの一種である、という怪しい理屈にだまされて出たわけだ。NHKですぜ。

プロレスラーだから、ぼくを投げたり、水桶の中に投げ込むのはうまい。さぞや痛かろうと思っていたら、桶の底には布団がしいてあり、投げ込まれても痛くもなんともない。ただ水煙がすさまじいから、テレビで見ていた人は、あの男、気の毒にあれでおしまいになったらしい、と語っていたという。ぼくもあとでビデオを見て、よく首の骨を折らずにああいうことができるものだな、と感心し、ぞっとした。

いまのテレビがひどいというけれど、昔もひどいといえば、ひどかった。

ぼくはもっぱら、ラジオを聞いているが、文化放送の大竹まことの反権力的なことに感心している。毎日のゲストがすごいもの。

ラジオで育った人間だから、戦前、戦時、戦後、ずっと聞いているし、夜中も聞く。

文化放送は抜群だが、TBSの夜中の〈ジャンク〉も面白い。品が悪いから、広くおすすめはしないが、伊集院光、おぎやはぎの三人はとりあえずは聞ける。

TBSでは、土曜日の久米宏さんの番組での、堀井美香《みか》さんとのやりとりが面白い。それに毎回のゲスト一人と落語家とのしゃべりを買っている。

「小林信彦　萩本欽一　ふたりの笑《ショウ》タイム」という本が集英社から出た。題名が良くないという説があるが、平野甲賀さんの装幀だからみごとなものだ。一見、晶文社風。

去年の夏に、四年ぶりに欽ちゃんにたのまれて、戦前のエノケンやら、戦後のクレイジー・キャッツがいかに面白かったかを語った本。森繁さんはもちろん、宮藤官九郎さんから石田瑛《えい》二《じ》なる古いコメディアンについて語った本です。もちろん55号についても。

（この項、了）

（'14・3・6）

「大平原」への長い道

〈西部劇〉ときいて、ぞくぞくっとする人が、いまいるだろうか？

ぼくは戦後の洋画を五本あげろといわれたら、その中に一本は西部劇を入れる。おそらく、ジョン・フォードの「荒野の決闘」が、その一本になるだろう。しかし、これはアート・フィルムだ。

むちゃくちゃに面白い西部劇といわれたら、セシル・B・デミルの「大平原」を入れるかな。同じ監督の「平原児」とよく間違えられるが、面白さ、その他をごちゃまぜにしても「大平原」がズバ抜けている。だがこの映画は一九三九年作品なので、戦前のものになる。日本封切は一九四〇年だ。

戦後のリバイバルは、一九四七年、一九六六年と二度で、いまはDVDで入手できる。

「大平原」は西部劇であると同時に西部開拓劇でもある。原作者はアーネスト・ヘイコックス。

一八六二年、連邦政府は大陸横断鉄道の建設を企画した。ネブラスカ州オマハを起点として西へ向うユニオン・パシフィック鉄道（映画の原題はUnion Pacific）とカリフォルニア州サクラメントを起点として東に向うセントラル・パシフィック鉄道が工事を競い、途中で結びついて、東と西をつなげてしまう予定だった。

セントラル・パシフィックに投資をしている資本家バロウズは敵の工事を遅らせるために賭博師キャンポー（悪役で知られたブライアン・ドンレヴィ）とその手下をやとい、ユニオン側の仕事を遅らせようとした。一方、ユニオン側ではジェフ・バトラー（ジョエル・マクリー）を派遣して工事の遅れをとり戻そうとする。工事がうまく進み出したころ、バロウズの手下でジェフの親友、ディック（ロバート・プレストン）はユニオン側の工夫に支払う現金を革袋ごと強奪した。婚約者モリー（バーバラ・スタンウィック）のすすめで、ディックは革袋をジェフに返した。モリーはディックとジェフが両方とも好きなので、困ってしまうが、弾痕の多い革袋を盗品と見抜いている。ディックがかついだ革袋をジェフがうしろから撃つ場面などは、さすがにデミル監督と感心させる。

さらに、インディアンの列車襲撃、列車が雪山を越えるサスペンス、二つの鉄道が結びついた時、キャンポーがじかにジェフを射殺しようとするなど、ヤマ場が多い。戦後にリバイバルされたときは、もっと短かったはずだが、今はもう少し長く、二時間十五分ほどある。

名場面も多く、アンソニー・クィンの殺し屋がジェフを背後から撃とうとして、逆に撃たれてしまう（鏡にうつったため）など、あっといわせる。

映画のクレジットは、後年「スター・ウォーズ」にパクられた有名なものだ。集団劇だけにアクションに手がかかっており、デミルらしいロマンスあり、友情ありの目一杯の大作である。

面白いといっても、いまマキノ正博の時代劇を面白いというようなもので、大きなアナがある。

この映画が作られた時代はインディアンとの戦いの描写は自由だが、今ではアメリカの先住民として気を使わなければならない。だから、現在はアメリカでも〈西部劇＝絶対的商品〉ではない。インディアンの代りに、宇宙人や東洋人を使って、西部劇風アクションを見せるしかない。

「大平原」でも、動かなくなった列車の外をインディアンたちが暴れまわるシーンを見せ、列車の中の三人の男女のリアクションでハラハラさせる。

ディックは入ってこようとするインディアンを射殺するので精一杯。一方、ジェフはモリーの後頭部にピストルを向け、モリーに危害が加えられそうになったら、インディアンより先にモリーを射殺しようかと迷っている。モリーは鉄道会社の通信本部と連絡をとろうとしており、二人の男と一人の女がどうなるかというサスペンスがある。騎兵隊を乗せた列車の汽笛がきこえるのだが、三人とも気づかず、仕事柄、モリーが先に汽笛を耳にする。こういうサスペンスが面白いのだが、今では絶対に許されないだろう。

ラストで、悪玉キャンポーがジェフを殺そうとして、ジェフの手下の二人組に撃たれるサスペンスも、この種の映画のヤマだ。

後年、名優あつかいされるようになったアンソニー・クィンがスタイリッシュな悪役で出てきて、あっさり殺される前半の酒場のシーンなどは、ぼくらの年代を喜ばせるものであった。

インディアンの扱いは、一九五〇年代から変る。そのきっかけはバート・ランカスター主演の「アパッチ」（一九五四年）あたりだと思うが、アメリカ陸軍を悪玉として描き、以後はアメリカ陸軍を危険な集団とあつかうのがふつうになった。「アパッチ」の監督はロバート・アルドリッチだ。

こうなると、〈アパッチとの戦い〉の見世物性は消えるので、西部劇の質は大きく変り、大衆のエンタテインメントではなくなってきた。

西部劇を盛り立てるのは悪い白人、意味もなく襲ってくるインディアン、白人同士の友情、美女をめぐる三角関係などだが、「大平原」はアメリカ開拓史を柱として、これらがぎっしりつまっている。

セシル・B・デミルは、ほかに大スター、ゲイリー・クーパーを中心にした「平原児」、「北西騎馬警官隊」、「征服されざる人々」の三本の西部劇を作っているが、歴史劇の匂いもする「大平原」がもっともこまかく成功しているのが面白い。クーパーが主役だと必ず勝つのがわかってしまうからだろう。

デミルは共和党の熱心な支持者で、ハリウッドの赤狩りに協力したのが汚点だが、映画作りのほか、銀行など幾つかの会社の経営にも参加していた。

なお、アンソニー・クィンはメキシコの生れだが、デミルの「平原児」にインディアン役で出演したのをきっかけに、デミルの養女キャサリンと結婚した。とはいえ、デミルには大して使ってもらえず、フェリーニの「道」の主役で国際的スターになった。

「大平原」の主役ジョエル・マクリーは、ヒッチコックの「海外特派員」、P・スタージェスの「サリヴァンの旅」、ペキンパーの「昼下りの決斗」などに出ている。

（'14・3・13）

春遠からじ

いつまでも寒い。

少しあたたかくなったと思ったら、また温度が下った。三月に入って、こういうことがあるのか。


とはいえ、三月というのは、ぼくにとって必ずしも幸せな月ではない。

一九四五年（昭和二十年）の下町大空襲――これが三月十日である。

あくる三月十一日が二〇一一年（平成二十三年）の東日本大震災の日だ。

しかも、一九四五年、二〇一一年、ともに雪が多かった年である。

ぼくが疎開した一九四五年の上越は、土地の人が記憶にないほどの降雪だと言っていた。町のすべてが雪でおおわれ、白一色。これほどの雪害は想い出せないと町の人々がボヤくほどの雪だった。

ただ、雪国の人は雪との戦い方を心得ている。

今年――二〇一四年の降雪もすごかったが、九州、四国という風に西から降ったのが不幸だった。

山梨県という、およそ積雪と関係のなさそうな土地が雪に埋もれているのをテレビで見て、これは容易なことではないと思った。

雪の深さが百何十年ぶりとアナウンサーが語っていたが、雪と戦う方法が身についていないのである。屋根につもった雪がどさりと落ちて老人をつぶすといった、雪国であればまず最初に警戒する事故がおこっている。山梨、群馬、とあまり雪害と関係のない土地で、死者、怪我人が出たのは、慣れていない事故にまき込まれたからだろう。

NHKが図面で示していたが、トラックやふつうの車の事故が二重三重になって、車の列が雪に埋もれている。雪に囲まれていたのでは、車は動けない。

ぼくが上越にいたころ感心したのは、二駅ほど離れた中学校の帰りに、列車が一時間、二時間と遅れても、中学生たちがあわてないことだった。

さすがに二時間を越すと、レールの上を歩いて帰り始めるが、前方から列車（除雪車）がくることがある。ぼくたちはカバンをかたわらの雪の上に投げ、自分の身も投げる。雪の中に身体が沈むのは仕方がない。

列車が通り過ぎてしまうと、雪をかき分けて這い出し、カバンを探し、友達に声をかけ合う。危険なのは雪の小山で、ここに腰かけて一休みしようとすると、小山の中に身体が沈む。汚い話だが、雪の下は汚穢《おわい》であって、荷物を背負っているときは、そのまま沈んで、上れなくなってしまう。

二年弱しか、そういう生活をしなかったが、なんとか生き抜けたのは、雪国で生きる知恵をいろいろ観察したからだと思う。

冬が近づくと、野沢菜を樽単位で注文する。当然、漬物用であるが、おみおつけに入れて、具《ぐ》にして食べるのも常識だった。これが雪国の生活だ。

少し暖かくなったと思ったら、今日（三月五日）はまた雨で、冷えている。身体の調子が悪いので、「アメリカン・ハッスル」を観に出られない。

日本時間の三日にハリウッドで開かれた第八十六回アカデミー賞の発表・授賞式をWOWOWで見た。

作品賞を得たのは、スティーヴ・マックィーン監督の「それでも夜は明ける」で、ぼくはまだ観ていない。自由黒人が誘拐にあって売られる話だという。

十部門で候補にあがっていた「ゼロ・グラビティ」は監督賞、撮影賞など七部門で受賞したが、特撮映画は苦手である。そのうち、時間があったら観よう。

主演男優賞はマシュー・マコノヒーだからまずまずだが、本当は「ネブラスカ　ふたつの心をつなぐ旅」の主演者ブルース・ダーンに出したかった。アクターズ・スタジオ出身にもかかわらず、「11人のカウボーイ」ではジョン・ウェインを射殺する牛泥棒を演じたブルース・ダーン。舞台では「ゴドーを待ちながら」に出演しているが、映画では秀作SF「サイレント・

ランニング」を経て、ヒッチコックの遺作「ファミリー・プロット」であくの強い演技を見せた。いわゆる性格俳優として貴重な演技者だ。

主演女優賞は「ブルージャスミン」のケイト・ブランシェットで、これは予想通り。ぼくは未見だが、近年のウディ・アレン映画としては抜群といわれている。

予想されたのは好調のD・O・ラッセル監督の「アメリカン・ハッスル」だが、これは何もとれなかったのじゃないか。ジェニファー・ローレンスの助演女優賞を期待したが、外れた。「アメリカン・ハッスル」、観たいのだがなあ。

逢坂剛・川本三郎の両氏の対談「わが恋せし女優たち」（七つ森書館）が送られてきた。

川本さんにはすでに「美女ありき」というヴィヴィアン・リー級の大女優を論じた本があって、写真とともに楽しめる。〈懐かしの外国映画女優讃〉というサブタイトルがつくが、ぼくも現在の女優（ジェニファー・ローレンスなどは例外）にはほとんど興味がなく、〈懐かしし〉の方がありがたい。

この本は「美女ありき」とちがって、

〈たしかに品がない。でも大好きです。〉

これはマガリ・ノエルについて、川本さんが発言した部分だ。エレオノーラ・ロッシ・ドラゴの品が悪くなっちゃった感じ、と逢坂さんが受けている。「激しい季節」（五九年）という映画のベッド・シーンで、エレオノーラ・ロッシ・ドラゴが乳房を見せたかどうかという大事なことだが、ぼくは見せていたと思う。思うというより、「裸のアイドル女優たち」という本（Iの112頁）にそのスチル写真があるからで、大きな乳房が手前にあって、その向うにジャン＝ルイ・トランティニアンの顔がある、という具合だ。

「狂った本能」（五八年）という映画の話も出るが、船が難破し、記者のクリスチャン・マルカンをめぐって、イギリスのドーン・アダムス、イタリア娘ロッサナ・ポデスタ、ぎちぎちしたカナダ女マガリ・ノエルがからみ合うという映画で、ぼくは試写を入れて三回観た。

日本では五九年封切だったから、ぼくが観たのは二十六歳のときだが、双葉十三郎さんに「小林さんには毒じゃね」とからかわれた。

まあ、うちに男の子がいたら、すすめられない映画だが、この対談を読むと、大好きなアルヌールやドモンジョが頭に浮んで眠れなくなる。

（'14・3・20）

津波てんでんこ

三月十日は、翌日が十一日（東日本大震災から三年）のせいだろうか、東京大空襲の記事が新聞に少なかったと思う。

「東京新聞」は東京の細部に触れる新聞だけあって、昭和二十年（一九四五年）三月十日の大空襲にまつわる話、後日談、体験者が描いた絵のことなどを報じていた。

何年かまえに、体験者の絵を見るために言問橋《ことといばし》の向う側にわたり、小ホールの展覧会をゆっくり見たことがある。悲しい絵、気分が悪くなる絵などいろいろあって、それでも見に行ってよかったと思った。

東京の下町大空襲というと、墨田区関係のものが多く、これは墨田区、江東区にまだ生き残っている人がいて、当時を再現しようと努力しているからである。

ぼくの家は隅田川の日本橋区側だったが、両親は水につかって猛火をまぬがれたと聞いた。

下町大空襲はあまりにスケールが大きいので、ごく最近まで、どこが焼けたのかわからなかったほどだ。

九日の夜中のこの空襲の始末は、堀田善衞さんの「方丈記私記」に描かれていた記憶がある。隅田川に死体が浮いている描写があり、三月十八日に昭和天皇が視察するために通りかかる描写もあったと思う。


三月十日は疎開児童が東京に帰る日でもあった。ぼくたちも九日から準備をして、帰京にそなえていた。

その夜、いつもとちがうB29の爆音の大きさのため、これは低空飛行だ、と思った。ぼくがいたのは埼玉県の山奥の寺だったが、夜中だったと思う。東京方面の空が異常な赤さだ、と皆がさわぎ出して、これは只事ではないと思った。

三月十日とはいえ、九日から十日に入ってすぐのころらしく、今の現代史年表には〈三月九日の東京空襲〉となっている。

それでも、ぼくは帰京できると信じていた。一休みしたところで起こされ、教師が「きみたちの街は灰になり、父兄との連絡はとれない」と言った。おそらく、寺に電話が入ったのだろう。


ここでぼくたちの動きが止ったのは良かった。

東北その他、遠隔《えんかく》の地に疎開した生徒たちは夜中のうちに列車に乗っていた。上野に着いたときは予定通り朝で、一面の焼け跡。自分の家のあったところに行くと、焼失していて、〈いま××にいる〉という札が立っている。札が立っているのは良い方で、なにもない焼け跡も多い。仕方がない。孤児になった者は、上野とか浅草へ行くか、親戚の家をたずねるしかない。戦災孤児はこうして生れた。

この一夜での死者は十万といわれる。その数字はおよそ怪しいもので、正確なところは誰も知らない。

ぼくも町内で何人死んだのかわからない。戦後も焼け跡にしばらく住んだのだが、死者の数の調べはなかった。

わかっているのは、明治座の地下で多くの人が蒸し焼きになったことだけだ。その人数も正確なところは不明である。

三月十一日の東京新聞の社説で〈津波てんでんこ〉という言葉を初めて知った。

名古屋市で先月開かれたシンポジウムに招かれた岩手県釜石市の野田武則市長が、

「われわれは明治、昭和の大津波と同じことをしてしまった」

と、三年前を振り返った。

「平時には冷酷に聞こえる『てんでんこ』だが、その教えは実に正しかった」

これだけではわかりにくいが、市長の〈示唆に富む講演〉を引用してみよう。

「犠牲者が多かったのは、沿岸部ではなく、海の存在を忘れがちな市街地だった」

「防潮堤や防波堤は高くなるほど危ない。海が見えなくなるからだ」

社説はさらにこう続ける。

〈守るよりも、まず、迷わず逃げよ。平成の三陸大津波の犠牲者が残した教訓も、結局は、明治、昭和と変わらぬ「てんでんこ」だったのではないか。国土強靭《きようじん》化が海の脅威を視界から遮ることにつながるとすれば、このまま突き進んで大丈夫なのだろうか〉

もう少し書くと、三重県志摩市阿児《あご》町にある一八五四年の安政東海地震を記録した〈津波遺戒碑〉には、地元の自治会が内容説明の看板を碑の隣に設置した。

碑には百四十一戸が流失し、十一人が溺死した被害状況とともに、「後世の人が地震に遭った際は、速やかに老人、子どもを連れて高台に逃げよ」と刻まれていたという。

〈てんでんこ〉とは、〈てんでん〉のことであって、〈めいめいが独自の判断で行動する〉と考えていいだろう。


明治座の地下に逃げた人たちは、〈てんでんこ〉と反対だった。

一九四五年三月十日の空襲について「中央区年表」を見てみる。

〈日本橋地区で激しい被害をうけたのは、馬喰《ばくろ》町、両国（ぼくの家があった）、橘《たちばな》町、久松町、浜町、中洲などの隅田川に近い東部地区であった――地区の避難先と予定されていた久松国民学校（小学校）と久松公園に逃げた人たちは、ほぼ全滅に近かった。避難者で超満員

の明治座には楽屋口から火が入って全焼、多数の焼死者を出した。……〉

関東大震災を経て、空襲の危機に向い合ったこの地域の人々は〈てんでんこ〉を心得ていた。明治座のことを知っていたのは、父が消防団のなにかの地位にあって、地下への扉をあけたときのショックをぼくに語ってきかせたからである。

まちがっても、明治座の地下に逃げてはいけない、と早くからぼくは聞かされていた。官が決めた〈避難先〉に押しかけた人々はほぼ焼死したのである。

明治座のとなりの浜町公園には、日本軍の高射砲陣地が築かれ、鉄線が張られていた。だから、爆撃されたのではないと思うが。

〈津波てんでんこ〉は、親も子もない。助けを求められても、立ち止まらずに逃げろ、ということだ。三陸の悲しくも重要な教訓である、と三月十一日の社説は説明している。

（'14・3・27）

代々の「宮本武蔵」をめぐって

めったにテレビドラマを観ないぼくが、三月十五日、十六日と二夜連続の「宮本武蔵」(テレビ朝日系)を観た。

「宮本武蔵」は戦前に朝日新聞にのった吉川英治の長篇小説で、何度も映画になった。子供のときに、「宮本武蔵」の一部分を観たので、多彩な人物とストーリーはだいたい飲み込んでいる。だから、この役は誰がやる、あの役は誰がやる、という興味が大きくなる。

とりあえず、新作のテレビでいえば、剣道を習っていたという木村拓哉の宮本武蔵が良い。姫路城に閉じこめられて三年をすごす描写がすさまじい。

お通《つう》は今までは納得できない女性だったが、真木よう子のお通は、意外に細くて、意志が強く、ラストまで良かった。

武蔵、お通とくると、佐々木小次郎の沢村一樹がむずかしいが、どう見ても強そうに見えないのが残念だ。

戦後の「宮本武蔵」（東宝）は一九五五年度米アカデミー賞の外国語映画賞を得たものだが、武蔵＝三船敏郎、お通＝八千草薫、又八＝三國連太郎というキャストで、三國は悪くない。

ついでに他の人物を記すと、朱実《あけみ》＝岡田茉莉子、沢庵和尚＝尾上九朗右衛門、小次郎＝鶴田浩二という堂々たるもので、イーストマンカラーと稲垣浩の演出に感心した。

稲垣浩は戦前に、片岡千恵蔵の武蔵、宮城千賀子のお通でこのシリーズを作っており、ぼくがリアルタイムで観たのはそのあとの伊藤大輔の「二刀流開眼《かいげん》」と「決闘般若坂」の二本だと思う。初期の「宮本武蔵」では、月形龍之介が小次郎を演じていたというから、これは観たかった。

そして、戦後の三船版「宮本武蔵」は「一乗寺の決斗」「決闘巌流島」の三部で、お通はずっと八千草薫であり、又八の三國連太郎は第三部では他の役者に代っている。いつかNHK・BSで放送したとき確認したから間違いない。

戦後の「宮本武蔵」は一九六一年から内田吐夢《とむ》によって、年に一本のペースで作られた中村錦之助のものが、東映京都らしく、立派なものである。

武蔵（錦之助）と又八（木村功）は関ヶ原の戦いに敗けて、野盗の後家お甲（木暮実千代）と娘の朱実（丘さとみ）に助けられる。又八はお甲との愛欲におぼれ、武蔵は禅僧・沢庵（三國連太郎）に救われて、姫路城で三年の禁固に処せられる。

又八の許婚お通（入江若葉）は武蔵をしたって後を追う。入江若葉は入江たか子の娘だが、むかし内田吐夢が入江たか子の面倒を見たことなどもあって、この役が決まったという。初めはいかにも素人っぽかったが、年に一本撮るうちにお通の役が身についた。このシリーズはふつう五部作と呼ばれるが、七一年に内田の遺作として、武蔵と宍戸梅軒の戦いだけを描く「真剣勝負」（東宝）があり、これも一見に価する。

内田吐夢版をつづける。

第二部の「宮本武蔵　般若坂の決斗」（六二年）は、武蔵が京都で吉岡道場の門弟を破り、奈良の宝蔵院《ほうぞういん》を訪ねる。この宝蔵院での試合と、般若坂で悪浪人の群れと戦う場面がクライマックスになる。

武蔵は生れつき荒々しい人物で、それが修行によって磨かれてゆく物語で、いかにも日中戦争中のイデオロギーに染められている。

又八の母のお杉ばばあは、又八の許婚を武蔵にとられたという恨みで生きているが、この映画では、浪花千栄子が演じて、いやらしい人間だが、厚みを感じさせる。

第三部「宮本武蔵　二刀流開眼《かいげん》」（六三年）は、武蔵が柳生石舟斎の花の茎の切り口に心をうたれる件で始まる。

ここで初めて前髪の美剣士・佐々木小次郎が登場する。若き日の高倉健が演じる小次郎は派手で、今までの小次郎のベストである。

武蔵は吉岡清十郎（江原真二郎）と試合をして、木刀で清十郎の左腕をくじく。こうして、清十郎の弟の伝七郎（平幹二朗）が現れる。

第四部「宮本武蔵　一乗寺の決斗」（六四年）。

清十郎に勝った武蔵は、草原にいた本阿弥光悦《こうえつ》（千田是也）から美の心を学ぶ。テレビでは光悦の母・妙秀尼をなんと八千草薫が演じたが、こういうキャスティングのぜいたくさは嬉しい。

雪の夜、三十三間堂で武蔵は伝七郎を斬り、一乗寺下り松で吉岡一門の残り、七十三人を相手にする。吉岡側は幼い源次郎を下り松の下に立たせ、松の上に鉄砲を用意して、ものものしい戦いになる。この第四部の演出と錦之助の演技がもっとも冴えているといえよう。

決闘シーンは灰色のモノクロームに変り、武蔵は水田のあぜ道を伝って、一人ずつ斬り伏せる。武蔵は幼い源次郎も殺してしまうが、吉岡側の一人（河原崎長一郎）の眼を斬る。五部作のうち、一本だけを観るのなら、これを観ればいい。

第五部「宮本武蔵　巌流島の決斗」（六五年）。

五年にわたる吐夢＝錦之助の「宮本武蔵」の完結編。武蔵は自分が斬った吉岡一門の一人が盲目になっているのを見て、苦しむ。

小次郎との戦いに向う武蔵をお通は止める。武蔵は小舟の櫂《かい》を削って武器にする。船島《ふなじま》での勝負は武蔵の勝ちで終り、彼は多くの血にまみれた自分の手を見て悩む。内田吐夢は〈剣の道と殺人〉に否定的な疑いを出して終る。日本映画界が不況に沈む中で、「巌流島の決斗」は、製作予算を半分に削減されていた。

七一年の吐夢＝錦之助の「真剣勝負」は、「宮本武蔵」シリーズの名残りの一本だが、監督の〈遺作〉といってはいけないという説もある。これは伊藤大輔が脚本を書いたもので、原作とはちがい過ぎるというのだ。

宮本武蔵と宍戸梅軒（三國連太郎）、その妻（沖山秀子）との戦いを描いたものだが、相手はクサリガマの名手であり、文字通りの「真剣勝負」になる。残念ながら内田吐夢は完成前に死去した。

〈剣は畢竟暴力〉という字幕が最後に出るが、こうなると今までの主題と武蔵の性格がズレてしまう。しかし、シリーズ外の佳作として、観ておくべき作品である。

（'14・4・3）

大瀧さんと春分の日

三月二十一日は春分の日だった。

お寺は午後からだが、午前中に大瀧詠一さんを送る会に妻と出かけた。

大瀧さんが亡くなったのは、去年の十二月三十日だから、すでに三ヵ月近く経つことになる。ぼくは音楽関係に知る人がすくないので、一月、二月はうつらうつらとして暮した。こうしたことは電話で人に訊けることではないので、どうしたものだろう、と考えていた。

大瀧さんについての研究書の終りに収録された年譜に書いてあったが、最初にお目にかかったのは一九八〇年代の初めである。「ア・ロング・ヴァケーション」と「イーチ・タイム」の間であり、とにかく、新宿のホテルで会った。

それから、氏の車でだったと思うが、ぼくの家に戻り、七、八時間、話をしたと思う。途中で近所の寿司屋へ行き、さらにまた話をした。

大瀧さんはぼくの書いたものをほとんど読んでくれていたようで、ぼくはラジオの「ゴー！ゴー！ナイアガラ」を聞いていたから、話がすれちがうことはなかった。どなたかが、ぼくの「日本の喜劇人」を大瀧さんにすすめたのがきっかけだというから、一九七〇年代から読んでくれていたありがたい読者である。ぼくはぼくで「イエロー・サブマリン音頭」が好き、という変ったファンだから、何時間でも話ができる。

それからは、ずいぶん電話で話したし、お宅にもうかがった。うかがったのは、「熱き心に」が完成したときで、レコーディングスタジオの中で、大きな音で聞いた。

それより前だが、「テレビの黄金時代」というムックをキネマ旬報社から出したときに、植木等さん、ぼくというメンバーで対談をやり、そのとき、植木さんが小さい声で「大瀧さんはシンガー・ソングライターですか」と、ぼくにそっと訊いたのがおかしかった。

大瀧さんと特に話が合うのは、エルヴィス・プレスリーと小林旭についてだったと思う。

ぼくが横浜の山手《やまて》にいたとき、突然、エルヴィスの「ハートブレイク・ホテル」が出て、若いアメリカ兵の歩き方が変った。どうしてこういうことになるのだろう、と思うほどの変化だった。

ぼくは大和町《やまとちょう》の電器屋に行って、安いプレイヤーを買ってきた。エルヴィスの歌を聞くためだ。

エルヴィスの歌を聞くためには、横浜では、まずFEN、次にラジオ関東（今のラジオ日本）が早かった。大ざっぱにいえば、ぼくはエルヴィスが入隊する前の一連の歌が好きで、除隊してからの映画用の歌は好きになれなかった。そういう話ができる人は、そのころはあまりいなかったし、ぼくは独りで呟いているしかなかった。大瀧さんとの縁は、つまりは、そういうことからだった。

大瀧さんは内外のポップス史を研究していたが、国内の流行歌の部分も、古い作曲家のひとりひとりにインタビューをして、その音源をCDに残していた。ぼくはそれらのCDを頂いて、全部聞いたことがある。初期の小林旭を〈若い三橋美智也〉として売り出そうとしたいきさつなどは関係者の証言として、CDに入っている。そうやって、日本の歌謡曲がアメリカン・ポップスの影響をどう受けたかといった歴史を研究（という言葉を大瀧さんは嫌うだろうが）していたのだ。

去年の暮だったと思うが、何枚ものCDといっしょに手紙を頂いた。アメリカのポップス伝がだいたい出来上ったので、これをいかに発表してゆくかが問題だ、という意味のことが記してあった。

氏の〈取材〉がいかに執拗なものか、弘田三枝子と坂本九についての〈ナイアガラ対談〉（「大滝詠一のゴー！ゴー！ナイアガラ　日本ポップス史」一九八四年＝昭和五十九年刊）を読めばわかるが、その後、もう一度、フジテレビに行って、改めてCDに録り直したことでもわかる。ぼくは必ずしもそうは思わなかったが、ぼくと十六ちがう大瀧さんは坂本九、弘田三枝子の時代を〈ある種の黄金時代〉と考えていたふしがある。話題にしたころ、弘田三枝子はマスコミ同意見だった。

の中心から去っていたが、十代の弘田三枝子はたしかに天才的で、その点はぼくも大瀧さんと

大瀧さんと話ができなくなるというのは大きな損失で、氏の本業は別としても、ユーモラスな雑談、芸人の噂、その他、ぼくのいうバカバナシができない。

「イーチ・タイム」の最終盤を二〇一四年三月に出す、というのは聞いていたが、ぼくは手紙の返事を出さなかった。

かつて、ご自宅へ行って、膨大なシングル盤のコレクションを見て以来、よけいなことを話す必要はないと考えていたからだ。あのコレクションは余人を沈黙させる迫力がある。

正月には萩原健太氏の「はっぴいえんど伝説」を読んで暮した。一九八三年、八曜社刊の一冊だ。

しかし、ぼくは暗い気持だった。

寒い冬で映画を観にも行けない。ラジオをつけると、〈先日亡くなった……〉という前置きがあって、大瀧さんの曲が始まる。「ア・ロング・ヴァケーション」の中の曲が多く、なにを狂ったか「うなずきマーチ」がかかったりする。当然のことかも知れないが、「うなずきマーチ」を歌う三人が誰かという解説も入る。

一、二月は、つくづく憂鬱《ゆううつ》で、涙がにじむこともあった。大瀧さんが好きなプロ野球のニュ

ースが原因だった。氏が好んでいたというNHKの連ドラ「あまちゃん」のCDを聞くのが、やっとだった。

新聞や週刊誌に追悼の記事が出ているのに、本当に亡くなったとは思えない。萩原健太氏のラジオ番組、田家秀樹氏の「時代超えるこだわりの巨人」という追悼文を読んでも、大瀧さんはどこかで、ふ、ふ、ふ、と笑っているような気がする。

三月二十一日の会で、「はっぴいえんど」の三人と、夫人の挨拶を聞いて、少し心が軽くなった。お孫さんの声が聞こえたせいもある。

大瀧さんにお孫さんがいるのをぼくは知らなかった。三十年近く前にお宅にうかがったとき、ダイニングルームに大きなテレビがあって、お子さんがディズニー漫画を見るのだと言われたことしか覚えていなかったからだ。

（'14・4・10）

「アメリカン・ハッスル」とカジノの街

今年のアカデミー賞で、作品賞、監督賞をはじめ、十部門にノミネートされたのが「アメリカン・ハッスル」である。

結局、一つの賞もとれなかったのだが、その理由もわかる気がした。面白いことは非常に面白いのだが、まあ、これはなあ……という気持である。

これはフィクションです、という断り書きが最後に出るが、ネタは実話である。一九七九年にアメリカで起きた事件とプログラムにあったが、劇中に出てくる音楽をきけば、いやでも一九七〇年代。アメリカにとってバブルの時代である。

完全犯罪を続けてきた天才詐欺師にクリスチャン・ベイル、その愛人にエイミー・アダムス。二人はFBIのブラッドリー・クーパーに自由の身と引き換えに捜査協力を強いられる。それは偽のアラブの富豪を使って、アトランティック・シティのカジノの利権に群がるカーマイン市長（ジェレミー・レナー）と政治家、マフィアを罠にはめようという危険な作戦だった。クリスチャン・ベイルの奥さんがジェニファー・ローレンス（昨年のアカデミー賞主演女優賞を得て、階段で転んだヒト）で、いわばデヴィッド・O・ラッセル監督の一家といってもいい。しかも、マフィアのドンがロバート・デ・ニーロである。文句のつけようがない。ただし、クリスチャン・ベイルの詐欺師が〈天才〉どころか、ハチャメチャな人物で、愛人を詐欺のパートナーにするのが、まずあぶない。ジェニファー・ローレンスは、「世界にひとつのプレイブック」で見たごとく、セクシーで自由きわまる美女で、彼女を放っておくわけにもいかない。

ぼくがアトランティック・シティへ行ったのは、ほぼこの時代だった。

一九四〇年代は豊かで楽しい街だったらしいアトランティック・シティは風が砂塵をあげ、街外れで身体障害者のような人々が金を貰うのにならんでいた。

アトランティック・シティをよみがえらせるために、ニュージャージー州に賭博を許すか、という時期で、それはもう決っていることのようだった。

翌年、再度、アトランティック・シティへ行くと、おんぼろホテルの地下にはカジノが出来、海岸線ぞいに新たにホテルを建設中だった。ぼくはスロットマシンだけをやり、慣れない椅子に腰を痛めた。数あるスロットマシンのうち一つは法的に大当りしなければならないとかで、友人がこれに当たった。翌朝、ぼくがこのマシンで稼ごうと行ってみると、おばあさんが居すわっていて動かないので諦めた。東京に戻って、色川武大氏にこの話をすると、「それは行かなきゃいけませんなあ」と呟いた。

翌年はもう、黄金時代だった。ホテルはシナトラ一色。シナトラの似顔のバッジをつけた女性が迎えてくれ、シナトラのショウを観るようにすすめた。あの時、彼の歌を聞いておけばよかったのに、ホテル・シアターでの「シカゴ」の再演に気をとられ、そっちへ行ったのが失敗。

まさか、あんなに早く亡くなるとは思わず、いつでも観られると考えていたのが間違いだった。

海岸のホテルからホテルへ移動できる乗り物があり、ラス・ヴェガスは時代遅れになるという人もいた。

この時代のシティを舞台にしたルイ・マル監督の傑作映画に「アトランティック・シティ」（一九八〇年）があり、バート・ランカスターが名演技を見せた。賭博の街としてのアトランティック・シティが描かれていたと記憶する。

「アメリカン・ハッスル」がアカデミー賞を一つもとれなかった理由は何だろう。

この映画の評価はふつうにいえば高く、たとえばNY映画批評家協会賞では作品賞、助演女優賞（ジェニファー・ローレンス）、脚本賞を得ている。第48回全米映画批評家協会賞では助演女優賞を得た。

アカデミー賞にもっとも近いゴールデン・グローブ賞では、作品賞、主演女優賞（エイミー・アダムス）、助演女優賞の三部門を受賞している。

しかし、現実には、「それでも夜は明ける」が作品賞をとり、「アメリカン・ハッスル」は無視された。

実際にあった〈アブスキャム事件〉をもとにしたこの作品は、ぼくのようなアメリカ映画好きにとっても、あくが強すぎるし、他の国の人々にとっても、そうではないかと思える。酒場で登場人物たちがトム・ジョーンズの「デライラ」を歌うシーンなど、時代がぐっと湧き上ってくるのだが、「デライラ」を知らない人にはピンとこないだろう。

人物のあくの強さと言葉の面白さ（ぼくには英語がわからないのだが）と意外性で見せる――といえば、笠原＝深作版の「仁義なき戦い」を思わせる。これは公開当時、ぼくたちを喜ばせたが、古い批評家には無視された。「仁義なき戦い」のしつこさやあくと似通ったところがあるのではないか。もっと古い例を出せば、黒澤明の「酔いどれ天使」、「野良犬」がこの線であり、「酔いどれ天使」から黒澤ぎらいになった古い批評家もいたのだ。

そんなわけで、「アメリカン・ハッスル」は面白いし、ジェニファー・ローレンスも好ましいのだが、ぼくが一夕《いっせき》の楽しみとする映画ではなかった。

東京でオリンピックをやるのは反対だと何度も書いたつもりだが、オリンピックがらみで日本でもカジノを開こうという案が進行しているらしい。

ぼくはカジノに反対だ。カジノを開くと、ギャンブラー、暴力団、娼婦がどっと入ってくる。ぼく自身、アトランティック・シティとマカオで目撃したことだが、清潔なカジノというのは考えられない。

「アメリカン・ハッスル」で観たように、政治家、財界人もからんでくる。これはもう、日本では容易に考えられることで、政治家と暴力団は一体となってカジノにからむだろう。それから、建築業者も勢いに乗るだろうことは、現実の日本を見れば、考えるまでもないことだ。

東北の被災地は三年以上、ほっぽらかされていて、人々はばらばらに住んでいる。しかし、新聞もテレビも刺すような批判はしない。正直なところ、日本ではカジノは手をつけない方がいい。

（'14・4・17）

上越の桜、タモリが遠くなる

大竹まことさんのラジオをきいていると、急に、上越の高田城の桜の話になった。うとうとしていたので怪しいが、高田（現・上越市）の桜は、日本の三大夜桜の一つになると言ったと思う。

そしてクイズになり、高田城には他の城とちがうところがあるという。写真を見たのだろうか、大竹さんと眞鍋かをりさんが同時に「天守閣のないこと」と当てた。石垣もない。大坂冬の陣の前で、石を運ぶ余裕がなかったとのことだ。

高田へ行きたい、とぼくは心から思った。これでも中学一年から二年の秋まで、ぼくは高田中学の生徒だったのである。戦争末期、敗戦、米兵の高田城址進駐という期間である。あのお城の橋に刻んである「高田の四季」の歌は、ぼくがいたときに作られたのだ。まるで変ってしまっているけれど、やはり、なつかしい城、お堀、町なのです。

タモリの「笑っていいとも！」が終り、最終回まで見たが、フィナーレは関西のタレントがうるさいので閉口し、それでも最後まで我慢した。タモリは、そのあと、朝の七時まで飲んでいたという。本当に酒の強い人なのだ。

ここは、〈さん〉づけにしたいのだが、〈タモリさん〉というのは、なにか不自然なので、呼びすてにさせてもらう。

テレビを見ないとぼくは言ったが、「笑っていいとも！」のテレフォンショッキングの部分はかかさずといっていいくらい見ていた。安倍晋三とか、そういう人間のときは飛ばしたが。

タモリについては、恥ずかしいというか、正面から見られない気がする。

彼はテレビに登場するより前に、山下洋輔さんの文章で知っていた。福岡から上京して、赤塚不二夫宅に入ったことも知っていた。

一九七〇年代のことだが、間に入る人があって、赤塚不二夫に会ってくれという。ギャグに行きづまったので、ぼくの話を聞きたいと赤塚さんが言っているとのこと。

そのころ、ぼくはすでに孤独癖になっていた。赤塚不二夫が漫画家であることは知っていたが、漫画を見たことがない。しかも、小説その他で行きづまっていたのは、ぼくである。

とはいえ、断るのも厄介だ。山下洋輔さんの文章のファンであることもあり、新宿で会うことに決めた。「ジャックの豆の木」という小さいバーだったと思う。

酒が飲めないと断っておいたので、赤塚さんも気をつかったと思うが、ギャグの話には困った。映画のギャグ、小説のギャグはまるでちがう。赤塚さんの漫画も読んできたのだが、中年のぼくにはむちゃくちゃ面白いというものではない。

酒の強い人は、酒が飲めない人間が酒席を苦痛に思う感覚がわからないと思う。ぼくと赤塚さんの話が通じたのはマルクス兄弟ぐらいであり、ぼくは家に帰りたいなと思う。ギャグにも何にも、話が通じないのである。

まったく白けてしまったので、赤塚さんは「タモリを呼ぼう」と言い出して、まわりの人に電話をかけさせた。

間もなく現れたタモリは、頭にポマードをつけて、アイパッチというスタイルで、若き日の彼が売り物にしていた爬虫類を思わせるネットリとした雰囲気の人物だった。

「オールナイトニッポン」（ニッポン放送）はまだ始まっていなかったと思う。東京12チャンネル（現・テレビ東京）の「空飛ぶモンティ・パイソン」（英国のコント番組）はやっていたかも知れない。

タモリはバーのカウンターに乗ってイグアナの真似を始めた。びっくりすることはしたが、すでに山下洋輔さんの文章で読んでいたので、なるほどと感心する方が大きかった。それよりも、三十ぐらいで、夫人と上京し、他人の家に住んで、こうした〈芸〉をやらされるのは辛いだろうなあ、と思った。

キネマ旬報社の「日本映画人名事典」によれば、〈大学中退後は郷里に戻り、保険外交員やスナックの雇われマスターなどの職を転々としたのち……〉とあるが、どこかで自尊心を捨てなかったら、イグアナの真似などできない。

これからあとは書きたくないのだが、もういいや。ぼくは赤塚不二夫とそのまわりの人とナワノレンみたいな飲み屋へ行き、トイレで気分が悪くなった。日本酒ではそう酔わないが、誰かが焼酎を入れるか、混ぜるかしたのだろう。トイレの床が目の前に迫って、気を失った。気づいたときは、タクシーの中である。当時、ぼくは方南町というところに住んでいて、酔っていなくても方向の分らない町だが、また酔いがこみ上げてきて、吐きそうになった。おかしいのは運転手に声をかけるのがいやで、窓をあけて、あるいはドアをあけて吐こうとする。「あぶない！」と大きな声で叫んでくれたのが、助手席のタモリである。

ぼくは車をおりたが、すぐそばのわが家に向って歩けない。歩いているのだが、左か右に進んでしまう。このあとは省略。

しばらくして赤坂プリンスの旧館でパーティがあり、入口でタモリにぶつかった。

「飲んでますか？」とタモリ。

「いえ……」とぼく。

「そうでしょう。あれは死にますよ」

そう言って、タモリは行ってしまった。

そのうち、日本テレビの「今夜は最高！」という番組で、中国人の真似で売った藤村有弘が若いタモリに中国語のこつを教えるコントがあった。

「ああいうのはいいね」と井原高忠さんは満足そうだった。ぼくはタモリに興味を持ち、「キッドナップ・ブルース」（八二年）という浅井愼平監督の映画を見に行った。

タモリが面白くなったのは「オールナイトニッポン」で、寺山修司の真似をやったころからだと思う。

このラジオは欠かさず聞いていたが、〈ネクラ〉〈ネアカ〉という二分法がとくに面白く、彼自身どっちかというとネクラ（根が暗い）だと思うが、フォークソングを〈ネクラ〉として攻撃した。「神田川」の歌手が新曲の宣伝にきて、突っ込まれていた。

一九八二年から三十二年つづいたフジテレビの「笑っていいとも！」のタモリはよく見ていたが、三月三十一日に終った。

（'14・4・24）

秀作「アデル、ブルーは熱い色」

第六十六回カンヌ国際映画祭でパルムドール（最高賞）を受賞した映画などといわれると、まず遠ざかるのがぼくのタチだが。

「アデル、ブルーは熱い色」で、アブデラティフ・ケシシュ監督のみならず、二人の女優も賞を受けている。二〇一三年の審査委員長はスティーヴン・スピルバーグで、二人の女優をホメ上げて、〈三人そろってのパルムドールこそふさわしいと思う〉と語っている。

スピルバーグという人をほぼ信用していないぼくだが、〈偉大な愛の映画、そのひとことに尽きる〉というコトバには、おや、と思った。

そういえば、監督・脚本のアブデラティフ・ケシシュの映画が日本に入るのは、五本目の「アデル、ブルーは熱い色」が初めてである。監督がチュニジアの生れというのも面白い。原作がコミックというのも気になった。内容がレスビアン二人の話というのは知っていたが、コミックの映画化は珍しい。

映画はまことに美しい出来で、二人の女優、とくにヒロインのアデルになるアデル・エグザルコプロスが三時間近い映画を支えている。

ギリシャ人の父とフランス人の母の間に、パリ十四区で生れている。ジェーン・バーキンの初長篇映画「Ｂｏｘｅｓ」その他に出演、「アデル、ブルーは熱い色」の演技が認められ、セザール賞の有望若手女優賞を獲得している。子供のころから演技に興味を持ち、名門リセ・ラシーヌ校に通っていたという。これがアデル。

もう一人のエマになるレア・セドゥは、二、三回観ているが、前歯の真中にスキマがあるのが特徴だ。アデルは彼女を見かけた時、ブルーに染めた髪に目を惹かれる。

この女優は祖父がフランスを代表する映画会社パテの会長職にあり、大おじが同じく映画会社ゴーモンの会長兼ＣＥＯというとんでもない家柄だ。アデルが中流そのものの女性なら、エマは美術にのめり込んで成功してしまう、という実生活そのもののプロットになっている。

レア・セドゥは、はじめは良いな、と思わせるが、アデルとのかかわり方、別れ方が残酷だし、容貌も変ってくる。

その点、アデルは幼稚園の先生になり、ときどき男と付き合っているらしいが、エマを忘れられない優しい女だ。彼女がエマに会って、キスをくりかえすバーのシーンは特にすばらしい。

この映画のミソは、出会ってすぐの二人が全裸でからみ合う長いシーンだろう。レスビアン・セックスをこれだけ描いた映画をぼくは知らないし、ときどき画面の一部がボケるのがもったいない。クリトリスを擦り合わせているシーンで、ボカすことはないだろう。この場面の撮影が長いのでレア・セドゥが文句を言ったというが、アデル・エグザルコプロスの方が攻撃的であり、よだれをたらしても止まらない。この女優に心から感心した次第だ。

夏や秋の草原でアデルがぼんやりと何かを待っている美しさにも感心する。若いときからアデルはなにか物足りなかった。男にも充たされなかった。

男と女を混ぜたようなエマとの出会い、ベッドでの激しい愛で、アデルはようやく満足を得る。しかし、エマのようにレスビアンであることだけで満足し、業界での成功をはっきり目標にしている女――そのためにはアデルに会うのも自身に禁じてしまうような相手でも、いないと淋しい。アデルは平凡な男とのセックスではむなしく、エマを探す気になる。一方のエマはアデルが男と少しでも寝ると激しく怒る。

非常にすぐれた映画だが、三時間は長すぎると思う。アデルがブルーの服を着て、遠ざかってゆくまで、二時間五十九分あるのだ。

ぼくが驚いたのは、〈純正レスビアン〉であるエマが、ときに男をも受け入れるアデルを不潔と見て、自分の家から叩き出すシーンだった。

そこまで厳しいのだろうか。

「アデル、ブルーは熱い色」が女性の物語であるとすれば、テレビドラマではあるが「ハウス・オブ・カード　野望の階段」は、デヴィッド・フィンチャー製作総指揮の男性のドラマである。主演はケヴィン・スペイシーで、製作も兼ねている。
全十三話のうち、一話、二話をデヴィッド・フィンチャー監督が演出している。ぼくはまだ一話、二話しか観ていないが、久々にケヴィン・スペイシーがあくの強い演技を見せ、ロビン・ライトという女優がその妻を演じて、ゴールデン・グローブ賞TVの部で〈ドラマシリーズ主演女優賞〉を得ている。

四つの政権を見てきたベテラン下院議員のフランクは、自分が応援する大統領候補ウォーカーが当選すれば自分もホワイトハウス入りして、国務長官になれると信じてきた。ところが、ウォーカーは当選したものの、ホワイトハウス入りは反故《ほご》にされてしまう。復讐心に燃えるフランクはホワイトハウスを揺さぶろうと決意する。

むかし、オットー・プレミンジャー監督の「野望の系列」という面白い政治ドラマがあったが、一九六一年の作品だけに、政治家のヒューマニティのようなものが信じられていた。

ケヴィン・スペイシーのドラマは、くせのあるこの役者にふさわしく、裏切りと復讐の連続である。ロビン・ライトは夫人の役であるが、なにを考えているのかわからない。人物がたくさん出てくるのは「野望の系列」と似ているが、人物像はちがう。

大手新聞「ワシントン・ヘラルド」紙の野心的な女性記者ゾーイ（演技派のケイト・マーラ）は特ダネをつかむためにフランクに近づき、フランクは極秘情報をゾーイにリークする。フランクとゾーイはやがて肉体的に結ばれるが、スクープを連発するゾーイを社の上司や同僚は疑いの目で見るようになる。

いかにもアメリカの政治ドラマといえるが、フランクの夫人もフランクのいうことを聞かないし、夫とゾーイの間を見抜いている。多人数のドラマではあるが、ケヴィン・スペイシーが中心にいるので、なるほどと思わせる。ケヴィン・スペイシーは舞台の「ロスト・イン・ヨンカーズ」でトニー賞助演男優賞を得たころから観ているから、いやらしいドラマでも、説得力があった。

（'14・5・1）

札束とオンドル

韓国の旅客船「セウォル号」の沈没事故には大きなショックを受けた。

テレビ・ニュースを見ていても、生存者、死者、行方不明者、ともに確実な数字は不明で、刻々変ってゆく。

〈船を見すてるな〉という格言があるが、乗客を見すてて、一般人を装って逃げた船長というのは珍しいのではないか。

運航上の異常さが指摘されていたとはいえ、逮捕されたイ・ジュンソク容疑者（船長）の厚かましさは度が過ぎている。

わが家のテレビで見たのだが、四年前にこの人物は韓国のOBSテレビで、

「我々乗務員の指示に従って行動すれば、どんな交通手段より安全だと思います」

と発言していたので、呆れた。

珍島《チンド》の港では、安全行政省の監査官が事故の記念撮影をしようとして、家族たちから猛抗議

を受けていた。次の国家記録院長への就任が有力視されていたが、即刻更迭《こうてつ》されたらしい。

このごろ、奇怪な事件が多すぎる。

三月八日に二百三十九人を乗せたマレーシア航空370便はインド洋南部で墜落したといわれている。

四月二十一日未明には、インド・バンガロール行きのマレーシア航空192便が離陸時にタイヤが破裂していたことが判明、出発地のクアラルンプールに引き返すことが決まったという。

奇怪というより、ズサンな事件というべきだろう。

「セウォル号」の場合も、四月一日に運航会社が作成した修理申請書に操舵装置異常を示す記述があった事実が見つかって、船が異常ということがわかった。わかっていながら、乗客に「動かずにいるように」と呼びかけて、自分はさっさと逃げてしまった。

こういう事件について書くのは、とてもむずかしい。事件の被害報告が刻々変ってゆくからである。

今日（四月二十二日）の昼のニュースでは、死者百四人、行方不明者百九十八人と報告されている。

韓国メディアが事故を〈国辱〉と伝え、高い支持率を保ってきた朴《パク》大統領が危機に立たされているという。

日本も、本当は他国について云々できないとぼくは思っている。福島の原発事故が三年以上経って、まだ解決していないことは恥ずかしいことで、文化国家などと言えたものではない。オリンピック、パラリンピックもやめた方がいいと思っている。政府は「オリンピックにきた人々が、原発問題の解決ぶりに感心するだろう」と言っているが、無駄金をつかわずに、福島原発の問題に専念した方がいい。

フェリー沈没事故について、韓国の中央日報は四月十九日に「韓国は三流国家なのか」と書き、東亜日報は十八日に「四月十六日は国辱の日だ」と非難した。一流国に近づいたという自負が打ち砕かれ、政府への批判が高まっているという。

たしかに強い潮流に阻まれたとはいえ、潜水士が初めて船内を捜索できたのは、事故がおこってから五十時間以上が経過した十八日午後三時過ぎだった。クレーンは現場に到着したが、「生存者がいたら、かえって危険だ」との声があって、使用できないままでいる。海外の国々に助けを求めればいいのに、という声もあったが、一方に、それでは〈国辱〉になるという大衆の声が多いらしい。

三年少し前の福島での事故のときに、当時の日本政府がアメリカやフランスに助けを求めなかったケースと似ている。政府の無策ぶりが二つの国で似ているのだろうか。

ただし、きびしい政府批判を展開する韓国のマスコミを、日本のマスコミが批判するのはおかしい。同じ時に、安倍首相が靖国神社に真榊《まさかき》を奉納した問題に対してはさらっとした扱いで、靖国神社参拝をきっかけに国際社会で孤立した重大事には深く触れない。日本のマスコミは同じ国の大衆と離れ、隣国の〈無策〉をわらう資格はない。オバマ大統領に頭を下げて国賓《こくひん》になってもらう安倍首相が〈支配〉する国にふさわしいマスコミというべきか。

「セウォル号」に話を戻せば、船のバランスを取るのに必要な船底の水の量が不足していた恐れがあると、二十二日、韓国のテレビで報じられた。このフェリーは日本から導入されたものだが、船体上部の客室を増設し、改造前より百十七人多く乗れるようにした。そのため、船の重心が五十センチ上昇したというのだ。ただ、水を抜いていたことを示す記録はないという。


一夜明けて二十三日。事故から一週間目である。

死者は二百五人とか百四十六人とか、テレビによって異っている。オバマ大統領が夜に来日するので、マスコミの興味はそっち側にうつり、オバマ夫人はなぜこないのかと息まいている。「セウォル号」の迷走航路がようやく明らかになり、積み荷が規定の三倍以上なのが日本の海事関係者をおどろかしている。いずれにせよ、悲惨な事故であり、むしろ美談をとり上げて、つけ加えるようになった。

ぼくが興味を持ったのは、まっさきに逃げて救命艇に乗り移った船長だ。かつて日本の近海で船を沈め、日本の海上自衛隊に救われたという過去が正面に出てきた。

それにしても、なぜ自分が助かるのを焦ったのかという質問には「痔があるから」と答えている。その病気で船長をつとめるのはずいぶん辛いだろうと思う。

〈一般人を装って逃げた〉あとで病院で血圧を計ってもらっている映像をテレビで見たことが

あるが、この自己中心主義もかなりのものだ。女性の乗員が亡くなったり、幼い子供を残して行方不明になった一家があるのに。

さらに驚いたのは（笑ってしまったのは）、彼が濡れたお札を一枚ずつはがして、オンドル（韓国の暖房装置）を使って、乾かしている映像だった。これもテレビで見たのである。お札を乾かすという行為が、これほどまでに漫画的に見えたことはない。

これだけで、モンダイの人物と見られるのは当然だが、よその国の出来事と笑ってばかりはいられない。

（'14・5・8／15）

アル・パチーノと日活裏面史

アル・パチーノという名優がいる。

一九六〇年代の終りに舞台で名をあげ、映画に出始めたころは、日本では、パシーノと表記されていた。

七〇年代に入って、「ゴッドファーザー」二本、「スケアクロウ」、「狼たちの午後」、「ボビー・デアフィールド」など、背の低いあくの強い役で売り出したときは、日本でもアル・パチーノが好きだという女の子が多かった。

ニューヨーク市イースト・ハーレムの生れで、シシリア移民の子供。両親は離婚という典型的なひねくれ型の育ちだが、早くから演劇への夢を持ち、アクターズ・スタジオで学んだ。

すぐにアカデミー賞をとると思っていたが、九二年になってようやく「セント・オブ・ウーマン／夢の香り」での盲目の退役軍人役でアカデミーの主演男優賞を得たのは遅きに失する。

主としてギャングを演じるこうした役者は、ときどき喜劇の方に足を踏み入れる。近年のロバート・デ・ニーロなどその手本だが、アル・パチーノは「ディック・トレイシー」（九〇年）でのコミカルな悪役以外、そうした面を見せない。

暗く鋭いイメージで、「狼たちの午後」では凶悪な若い男、「ボビー・デアフィールド」では背の高い女（マルト・ケラー）との悲恋を演じた。高倉健が「ボビー・デアフィールド」のアル・パチーノを観て、唸ったと語った記事を読んだ。

「ミッドナイト・ガイズ」は二〇一二年の作品で、観そびれていたのをブルーレイ・ディスクでつかまえた。

一時間三十五分という良い長さの作品だ。「ハンガー・ゲーム2」など、二時間半は長過ぎるのである。

二十八年の刑期を終えたギャング、ヴァル（アル・パチーノ）が出所してくるところから始まるのは、まるでジェームズ・キャグニーの晩年の映画のようだ。小柄なパチーノは両足を開くように歩いて出てくる。ただし、キャグニーのようなユーモアはない。

ヴァルを迎えるのはくせのある悪役クリストファー・ウォーケンで、名前はドク。「トゥルー・ロマンス」や「パルプ・フィクション」に出ていたかげのある役者で、ヴァルもドクも髪が白くなりかけている。

嬉しいことに、二人と組んだことのあるハーシュをアラン・アーキンが演じる。アラン・アーキンは「アメリカ上陸作戦」（六六年）で登場し、監督としても活躍している。アカデミーの助演男優賞を得ているが、日本では「暗くなるまで待って」のオードリー・ヘプバーンを狙う犯人役で知られている。

アル・パチーノ、クリストファー・ウォーケン、頭がつるつるのアラン・アーキンがそろって、正統的なギャング映画が始まる。

ヴァルとドクは久々の再会を喜ぶが、ドクは問題を抱えていた。この映画は今どきとしては短いので、一つ書くと、すべてがバレてしまうから、ネタを割らないように書く。

ドクは彼らのボスであるクラップハンズにとんでもない約束を押しつけられていた。約束とはヴァルの出獄の翌朝の十時までに、ヴァルを殺すこと。それには面倒な理由があるのだがここには書かない。

ドクを演じるクリストファー・ウォーケンはいつもわけありの役を演じるのだが、ここでもヴァルをだまし討ちにできず、ボスとの約束を打ち明けてしまう。

したたかなヴァルはかっとなるが、自分の方からは手を出さない。まず女を抱く、というわけで、ヴァルとドクはそっちへ行き、つづいて三人目の仲間ハーシュとともに、大暴れする。ハーシュは運転の名人で、警察とのカーチェイスであざやかな技を見せる。

監督のフィッシャー・スティーヴンスは往年のWBのB級映画のような切れの良さを見せ、ジョン・ボン・ジョヴィのオリジナル曲も初老の三人組のアクションに合っている。

朝の十時まで（というのが五〇年代の西部劇のようだが）、三人は深夜の街を暴れまわる。当然のように、ボスは子分たちをくり出してくる。

ヴァルとドクが両手に銃を持って、敵と相対するまで、話はすばらしいスピードで進む。アル・パチーノが二挺拳銃をかまえた姿は特にすばらしい。

――これ以上、女性関係などを書けば、ネタを割ってしまうので、ここでやめる。ラストのヴァルとドクは実に恰好よく、四十年ぐらい前の某映画に似ているのだが、それもやめる。

原題は〈Stand Up Guys〉。


久々にスッキリしたので、送られてきた本を読む。白鳥あかねさんのスクリプターから見た戦後日本映画史「スクリプターはストリッパーではありません」（国書刊行会）。装幀は和田誠さんだから内容も見当がつく。

白鳥さんが新藤兼人の手伝いから、再建されたばかりの日活に入り、斎藤武市《ぶいち》の現場から小林旭の映画作りのスクリプターになる。脚本を手伝う珍しいスクリプターだ。

ぼくが小津安二郎に感心したのは、松竹で自分の助監督だった斎藤武市を日活に送り出すときに「今村（昌平）もつれて行け」と言うくだり。このとき、今村昌平だけでなく、浦山桐郎も日活へ行ったことがあとで日活の財産になる。川島雄三も日活へ行き、ここに一家が出来上る。山田洋次も行きかねなかった事情は西河克己の「西河克己映画修業」（ワイズ出版）にくわしい。

日活では著者は斎藤武市の組に入る。この組の映画は文芸映画から渡り鳥映画まで、ぼくは観ている。今村昌平のベストワンは「果しなき欲望」というのも同感。

白鳥さんには会ったことがないが、生年、学校（早大）が同じであり、戦時中の映画もほぼ同じものを観ているのだ。そして、裕次郎よりも小林旭の映画ばかり観ており、日活がつぶれるまで――いや、白鳥さんが力を入れて書いているその後の〈ロマンポルノ〉も、「女高生レポート　夕子の白い胸」から観ているのだ。興味津々《しんしん》で読んだのはあたりまえだろう。

しかし、まあ、スクリプターというのは大変ですね。特に脚本が書けるというのは大変だ。それと、人間関係。

日活についての本は多いが、この本はそれらのベストスリーに入るだろう。

（'14・5・22）

「ブルージャスミン」とダイアン・キートン自伝

かつては、ウディ・アレンの映画は恵比寿《えびす》でしか封切られなかった。山手線で、渋谷のとなりの駅であり、ホームに「第三の男」のメロディが鳴りひびくので有名だ。その後、恵比寿の映画館はウディ・アレンの映画をかけなくなった。というより、映画館自体が休館になったのだ。アレンの映画を観て、メシを食うという楽しみがなくなった。

ところが最近、ぼくの家からそう遠くないところで、なぜか、アレンの映画を封切るようになった。「ミッドナイト・イン・パリ」と「ローマでアモーレ」にそこそこ人が入ったからだろう。

そこで**「ブルージャスミン」**を封切日の翌日に観た。年に一度の脳ドックのあとで行けるように、チケットを買っておいたのである。主演のケイト・ブランシェットが今年のアカデミー主演女優賞を得ていたということが大きい。やはり、賞はとるに限る。

心ある人がいうように、これは名戯曲「欲望という名の電車」にヒントを得ている。ウディ・アレンはこの映画の題名は、はじめ、「ジャスミン・フレンチ」だったと語っている。そうだったら、テネシー・ウィリアムズの戯曲「欲望という名の電車」のヒロイン、ブランシュ・デュボワ（映画では、ヴィヴィアン・リーが演じた）といよいよ似てくるが、昔の名曲好きのウディ・アレンは「ブルームーン」の〈ブルー〉をとり入れて、「ブルージャスミン」にした。名曲「ブルームーン」は映画の中とラストで流れている。

アルコールで身をもち崩した気取った女が妹のもとに身を寄せるというプロットは、「欲望という名の電車」そっくりである。一九五一年の映画では、妹の夫の〈野卑な労働者〉をマーロン・ブランドが演じて、当時の人々を驚かせた。破れたランニングシャツ一枚のマーロン・ブランドの荒々しさに大衆は呆れた。アメリカ映画はここらから変った、という南部圭之助氏（故人）の説に心から同感する。

最近のウディ・アレン監督としては珍しくアメリカが舞台である。アメリカも西海岸、サンフランシスコの話で、主役のジャスミン（ケイト・ブランシェット）の過去を語る時だけ、ニューヨークのどこかと夫役のアレック・ボールドウィンが出てくる。それはジャスミンの成功時代であり、身につけている物はすべて一流品だ。夫の悪事で彼女はいっきょに転落し、妹の家に転げ込むが、たのしかった過去を忘れられない。背が高く、ふつうなら美貌の彼女が、化粧を失い、涙でグチャグチャな顔をしているのを、われわれは笑うことができない。妹（サリー・ホーキンス、うまい）に嫌われ、息子にも帰ってくれといわれて、途方にくれるジャスミンのアップで映画は終る。

いかに「モロッコへの道」を観て喜劇を志したとはいえ、ウディ・アレンは実は喜劇がうまくない。初期の「インテリア」やこの映画のような悲劇が性《しょう》に合っていると言えなくもない。できれば、「ハンナとその姉妹」のように笑いが少し入っているのが理想的だ。それもマルクス兄弟系の笑いが。

映画館では、いまだにウディ・アレンの代表作として、「アニー・ホール」と「マンハッタン」のDVDを売っていた。この二つが今観ても面白いかどうか、ぼくにはわからない。しかし、一般的には一九七七年の「アニー・ホール」が代表作の一つということになっているのだろう。

「ダイアン・キートン自伝　あの時をもう一度」（早川書房）は出たばかりだが、変な本で、母親が遺した感想とダイアン・キートン自身の文章で成り立っている。

ウディ・アレン、アル・パチーノ、ウォーレン・ベイティというあくの強い三人との恋があるので、それだけを書いても充分だと思うが、なぜか母親の文章がコラージュ風に入ってくる。これを読むと、ダイアン・キートンはふつうの人で、演技に向いていたのだろうかという気さえする。

ウディ・アレンとは一九六八年の秋に出会った、と彼女は書いている。舞台版「ボギー！

俺も男だ」のオーディション会場であった。

ダイアン・キートンはウディに出会う前からウディが好きだった。ウディの〈自虐的なジョーク〉が好きだったのである。このあたりに、ファン気質過剰なダイアンの姿がある。

彼女は過食症で神経症だったと書いている。一方、ウディは〈自分に厳しく、勤勉で、献身的で、まめ〉だったと彼女は記憶している。〈トルストイの全作品を読んでいた〉というから、多忙だったのだろう。ダイアンには多くを求めなかった。

過食症がなおったころ、恋人のウディ・アレンは〈あらゆる文化的体験〉をダイアンにもたらしたという。イングマール・ベルイマンの映画、ルイス・ブニュエルの映画、ドイツ表現派の絵画。

映画版「ボギー！ 俺も男だ」にも出演したが、彼女はブレークしなかった。仕事がない。そこにきた仕事が「ゴッドファーザー」で、彼女は相手役のアル・パチーノと会う。アル・パチーノはジル・クレイバーグと別れ、チューズデイ・ウェルドとつき合っていた。彼女はアル・パチーノが好きだったが。

一方、ウディ・アレンは自信がなく、自分の台詞を評価していない。ダイアンはアニー・ホール役のために男物のヨレヨレのボレロ帽を額の下までかぶっていた。これが〈アニー・ホール・ルック〉の仕上げになった。

「アニー・ホール」を撮る二年前にウディ・アレンとは別れていたが、世間から見ると、ウディとダイアンは名コンビだった。いかにも都会人らしいダイアンを創り上げたのはウディだという。この演技で、アカデミー主演女優賞を得た。

ウディとの仲は七〇年代末に終り、彼女はプレイボーイのウォーレン・ベイティに惚れ込んだ。評判の悪い男ベイティの「レッズ」（一九八一年）に出演したが、アカデミー監督賞を得たのはベイティだけで、結局は離れていった。

ウディ・アレンにはまだ愛情を抱いていたが、彼はミア・ファーローと出会い、新しいコンビを作った。

彼女を大女優とは思わなかったが、アニー・ホール・ルックで七〇年代をかけ抜けたスターということはわかる。「ミスター・グッドバーを探して」のような良い映画もあるのだが。

（'14・5・29）

映画にまつわる本の数々

「相棒―劇場版Ⅲ―巨大密室！特命係　絶海の孤島へ」を観た。

「相棒」は再放送を週に五日はテレビでやっているし、劇場版五本も、これで全部観たことになる。テレビの「相棒」は妻が全部観ていて、しかも、昼間にリピートするから、トリックは全部わかっているという。ぼくはそれほど熱心ではないが、テレビの刑事物の中では、もっとも出来が良いと思う。それでなければ、こんなに長くは続かない。

劇場版Ⅲはテレビで予告編を観て、構想が半分はわかった。映画館で観ると、ほぼそうではあったが、思っていたより社会批判的であり、意欲作でもあった。

ラストで杉下右京がもう一つの謎に気づき、ヘリコプターで南の孤島に向うとき、ヘリの音が島の民兵側にさとられないか？　それだけが気になったが、あとはうまく行っている。構想の中心が「地獄の黙示録」に似ている気がしたのは、ヘリの大きな音のせいだろうか。

とにかく面白かった。ジャングルの中で杉下がいつものネクタイにスーツの恰好で動いているのには、おやと思ったが。

「**監督川島雄三**　松竹時代」（ワイズ出版）という本は、川島雄三の監督生活の前半を描いたものだが、興味深かった。

といって、ぼくは松竹にいたころの川島作品を一本も観ていない。いや、「シミキンのオオ！市民諸君」（一九四八年）は観ている。それから、テレビで「とんかつ大将」（一九五二年）を観た。後年、東宝の「喜劇　とんかつ一代」を観ているので、記憶がゴチャマゼになるが。「とんかつ大将」はトンカツ好きの主役が佐野周二で、同居している演歌師の町田吟月が三井弘次だが、三井弘次を観るために最後まで観た。もう一人、角梨枝子《すみ》というエキゾチックな美女が出ているので、そっちを眺めたせいもある。

隅田川をはさんで浅草の松屋デパートの向い側あたりの長屋の話だが、原作が富田常雄というのが意外だった。富田常雄は「姿三四郎」の原作者である。なるほど、こういう人情劇かと思ったが、当時は観に行かなかったはずだ。

戦後とはいえ、当時の松竹映画といえば、小津安二郎、吉村公三郎、木下恵介、渋谷実しか観なかったと思う。新藤兼人脚本、吉村公三郎監督というと、ヨーロッパ映画に近い気がして、すぐに観た。

つまり、松竹はなァ——という気分の時代で、東宝映画が好みだった。

この本を読んで、川島雄三の映画を好まなかったのは当然だと思った。人情喜劇が松竹の売り物だが、川島は〈人情〉は好きではない。

一九五四年、日活が映画製作を再開するにあたって、川島は今村昌平、中平康《こう》、斎藤武市《ぶいち》らを連れて翌年日活に移籍する。北原三枝、大坂志郎も日活へゆく。大島渚、山田洋次が松竹に入社したのは五四年だ。

川島雄三が本領を発揮するのは、五五年の日活作品「愛のお荷物」からだが、現金なもので、ここからは遺作の「イチかバチか」（一九六三年）まで全部観ている。後半は、あと一冊にまとまるのだろう。


「伊福部昭語る　伊福部昭　映画音楽回顧録」（ワイズ出版）も、ぼくの知らないことが多いので面白かった。伊福部氏が述べたことを、小林淳氏がまとめたもの。

伊福部昭というと、ぼくなど〈ゴジラの人〉という風に考えがちだが、一九四七年の「銀嶺の果て」から映画音楽をやっていたのだ。

初めはアクション映画が多いのだが、一九五〇年代になると「きけ、わだつみの声」や「原爆の子」、「千羽鶴《せんばづる》」、中原早苗主演の「村八分」、スタンバーグ監督の「アナタハン」とつづき、一九五四年の「ゴジラ」、一九五六年の「空の大怪獣　ラドン」となる。東宝の大劇場で「空の大怪獣　ラドン」を観たときの音楽のショックといったらなかった。

大ざっぱにいうと、「ゴジラ」系列の作品、東宝時代劇、さらに「座頭市物語」が出るに及んで、座頭市ものが多くなる。勝新太郎が伊福部氏の音楽に惚れたらしい。

これだけを見ても、日本映画の良き時代を一手《いって》に引き受けていたのだ、と唸ってしまう。東映アニメの「わんぱく王子の大蛇《おろち》退治」という東映動画初期の作品まで入ってくるが、同じ東映でも「十三人の刺客」もありで、実に仕事のはばが広い。アニメの音楽をたのまれて、太平洋戦争中に東京で観たディズニーの「ファンタジア」を想い出すところなど、凄いなと思う。しかも、氏は「ファンタジア」よりロシアの「スネグーラチカ（雪姫）」（一九五七年）の低音を買っているのだ。

新藤兼人脚本、中平康監督の「殺したのは誰だ」（一九五七年）では、小林旭が良かった、と断定している。これもなかなかできないことだ。

「**日活100年史**」を頂いたので、ぱらぱらと見ている。

そういえば、〈小説・日活撮影所〉というサブタイトルがつく「**シシド**」という宍戸錠の自伝的小説が二〇〇一年に出ており、その完結編はちがう出版社から二〇一二年に出ている。日活スターの話は皆さんが書いているが、筑波久子の肉体映画の話にあまり触れていない。悪役時代の宍戸錠がよく共演していて、「シシド」の完結編では少し触れている。

チャコと呼ばれた筑波久子は美人でもなんでもない。「肉体の反抗」とか「燃える肉体」といった映画のヴァンプ役が多く、一九五六年に日活に入社、各社に出て、六三年には映画界を引退している。

面白いのは翌年、渡米。コロンビア大学の聴講生として心理学を専攻。六七年に工業デザイナーと結婚して、カリフォルニアに筑波プロを作る。

はじめは不調だったが、七八年にジョー・ダンテ監督の「ピラニア」を作る。八一年には続篇の「殺人魚フライングキラー」を製作、この監督がジェームズ・キャメロンだった。その後は、チャコ・ヴァン・リューウェンと名乗って、チャコ・フィルムを主宰しているという。最近のことは知らない。

「シシド」の完結編は、なぜか活字が大きいが、ぼくは二冊とも全部読んだ。役者として、ぼくは小林旭を別格として、芦川いづみ、夏純子が大好きだった。男では藤竜也が今のテレビドラマでさえ、色気と迫力を見せる。

（'14・6・5）

「すみや」と「あまちゃん」の受賞

「キネマ旬報」六月下旬号をめくっていたら、**細野晴臣**氏の面白い文章にぶつかった。「映画を聴きましょう」というタイトルの連載の第二十一回で、ぼくは毎回読んでいる。妙に通《つう》ぶった文章ではなく、読み易く、わかり易い。

おことわりしておけば、ぼくは細野氏に会ったことがない。先日、大瀧詠一氏を送る会で弔辞を述べられるところを遠くから見かけただけである。

大瀧詠一氏に初めて会ったとき、大瀧氏は細野氏の音楽についてこまかく話してくれた。三十年以上まえのことである。

「キネマ旬報」の細野氏の映画音楽の話は非常に楽しい。六月下旬号には、渋谷にあった「**すみや**」という不思議な店の想い出が記されている。この店はなぜか無くなって、静岡の方で営業しているとのことであるが、ぼくは日本に未輸入のビデオ（一つが一万円以上した時代だ）やアンドリュウス・シスターズやジュリー・ロンドンのCDのたぐいを買っていた。

細野氏は〈ビデオがようやく出始めたという70年代後半から、そこに通っては観たことのないミュージカル映画、音楽映画のビデオやサントラを〝ジャケ買い〟していた〉という。〈どれがいいかなと棚を見渡しながら、予備知識なくふらっと買ったものが良かったりするのである〉という態度は正しい。

店を牛耳《ぎゅうじ》っていた若い店長（?）もマニアであるらしく、今度、これこれが入りますよ、などとは言わない。また、ぼくのほかにどういうお客さんがくるか、ということも言わない。

細野氏は〈アメリカのミュージカル映画の全盛時代〉の作品に興味があり、つまり、一九三〇年代から四〇～五〇年代に至る作品だ。ぼくの興味のメインもその辺りで、アステア&ロジャース映画から、「スター・スパングルド・リズム」（四二年）などに手をのばした。「スター・スパングルド・リズム」はビング・クロスビーやボブ・ホープが出る戦意高揚映画であるが、細野氏はこの映画の中の一曲に心を打たれて、そのことがこまかく書かれている。“Hit the Road to Dreamland”という曲である。

この“Hit the Road”という言い方は、当時、心が浮き浮きするものだったらしく、「珍道中映画」の中の音楽だけを集めたCDは“Hit the Road with Bing & Bob”というサブタイトルになっている。

ダニー・ケイの歌を集めたCDも、ぼくはこの「すみや」で求めた。タイトルはもろに“Danny Kaye!”であり、〈オリジナル　1941－1952〉とあって、「ボーリン・ザ・ジャック」や「チャイコフスキー」などがぎっしりつまっている。いきなり、「ミニー・ザ・ムーチャー」で始まり、その次が「パリのアナトール」(「虹を摑む男」)というだけで、ぼくは大満足。

この「すみや」は今でいえば、渋谷クロスタワーというビルの中にあったのだが、ある日、姿を消してしまった。

ぼくがたずねたところでは、アメリカからのビデオの輸入手続きがうるさくなってきたという返事だった。

ここで購入したビデオ、レーザーディスクはおびただしい数にのぼるが、国産では「小津安二郎戦後松竹作品全集」というレーザーディスクが重くて、高い。しかも、いまレーザーディスクは使っていないので——どころか、DVDで「小津作品集」が出ているから困ってしまう。

しかし、あまり期待しないで、ふと買ったビデオ、CDには貴重なものがあり、特にミュージカル映画マニアにはたまらないものが多い。細野氏も書いていたが、「ジーグフェルド・フォリーズ」などはありがたいもので、日本にはあまり入らなかったレッド・スケルトンのミュージカルも、意外に面白いものがあった。

『あまちゃん』はなぜ面白かったか?」という本を出した。この「週刊文春」にのせているエッセイの十六冊目である。昨年におこったことをまとめたもの(文藝春秋刊)。

本の中には「あまちゃん」のことがポツポツと出てくる。

文化放送の「大竹まこと ゴールデンラジオ」で本をとり上げてくださるというので、浜松町の文化放送へゆく。大竹さんも眞鍋かをりさんも元気そうだ。さすがに、ぼくはもうトシなので元気とはいえない。文化放送は四谷にあったころから、よく足を運んでいた。当時は吉田照美さん進行の番組で、そのころの社屋はいまはマンションになっている。

大竹さんは正義派風のしゃべり方が、どこか野坂昭如さんに似ている。正義派風と形容しては失礼か。要するに、二枚目である。一週間に五人の女性（パートナー）を相手とするのだが、しゃべり方が毎日ちがうのだ。はじめてテレビで観たときはこわかったが、何十年か経って、優しい二枚目だということがわかった。

さて——。

二日後の六月五日、「**あまちゃん**」が第五十一回ギャラクシー賞（放送批評懇談会主催）のテレビ部門の大賞に選ばれたという新聞記事を見た。おめでとう。

贈賞式は四日に開かれたので、五日の朝のニュースに宮藤官九郎さんが出ていたと妻がいう。妻は朝が早いのだ。

「あまちゃん」に出た老若の男女タレントが、いま、各局のドラマに飛び散っている。全然知らない女の子でも、注を読むと「あまちゃん」に出ていたとある。

寝る前に小泉今日子の「潮騒《しおさい》のメモリー」のCDをきくことがあるが、「潮騒」は三島由紀夫原作の映画で、主役の美少女は青山京子だった。そのあと、吉永小百合をふくめて、数回映画化されている。

最初の一九五四年版は、脚色が中村眞一郎と谷口千吉で、監督が谷口千吉だった。この原作を読んでいると「潮騒のメモリー」の歌詞は笑えるはずである。

そういえば、一九七五年のゴールデンウィークは「潮騒」が封切られ、山口百恵と三浦友和のコンビが主演であった。そこらを知っておくと、あの歌と「あまちゃん」のおかしさ、楽しさ、哀しさが、よりわかるのですが。

ウディ・アレンが「モロッコへの道」に惹かれたように、去年、ぼくは毎日毎日、「あまちゃん」を観ていた。

文化放送の人々の話題も「あまちゃん」一色で、こういうことは近年めずらしい。

（'14・6・19）

ゴジラの咆哮 Ⅰ

ハリウッドで新しい「ゴジラ」が作られ、大ヒットしていると噂されている。

ぼくが最初の「**ゴジラ**」（一九五四年）製作を耳にしたのは、昭和二十九年の春だった。雨が降っていたから、つゆどきかも知れない。

東宝の撮影所に行くと、脇役の人が大きな声で話し合っていた。

――おい、うちでとんでもない映画を作るんだって！

――東京も、もう終りかって話だよ。ゴリラとクジラを混ぜた「ゴジラ」って映画だ。

――そいつが暴れまわるんだって？

――そうらしい。まだ脚本が出来ていないんだよ。

その日の雨は、ぼくにとってこわいものだった。

なにしろ、マグロ漁船の第五福竜丸がビキニ環礁でのアメリカの水爆実験で被災したのが、この年の三月一日である。

マグロは危険というので、市価は半値となった。船が焼津《やいづ》に帰港したのは三月十四日。被災した無線長・久保山愛吉氏は九月二十三日に四十歳で死去している。ヒロシマ、ナガサキに原爆が落とされてから九年目。それでなくても原爆に神経をとがらせていた日本人に、今度は水爆が襲いかかった。

この年は東宝にとっても大変な年で、三月末に黒澤明は「七人の侍」のクライマックスの〈雨の中の合戦〉を撮り終えていた。

一方、田中友幸プロデューサーはインドネシアとの合作映画を準備していたが、三月二十五日に製作本部長の森岩雄がこれを製作中止にした。田中は代るものとして、〈海底二万哩《マイル》から来た大怪獣〉を考えた。田中が森の部屋を訪れたとき、第五福竜丸事件の新聞切り抜きを手にしていたといわれる。（「検証　ゴジラ誕生」井上英之）

森は企画には同意したが、谷口千吉監督については三島由紀夫の最初のベストセラー小説「潮騒」の映画化にとりかかるところで、ムリでしょう、ということになった。

この「潮騒」は後年のＮＨＫ朝ドラの中の歌詞に「潮騒のメモリー」として引用されるほどのヒット作で、汚れを知らぬ乙女（青山京子＝現・小林旭夫人）と漁師の若者（久保明）との純愛を描いた作品であり、青山京子ファンのぼくは公開前からドキドキしていた。

大ざっぱにいえば、この年の東宝は、四月に「七人の侍」を封切り、十月に「潮騒」、十一月に「ゴジラ」が出るという騒ぎで、ほかに成瀬巳喜男の「晩菊」やマキノ雅弘の「海道一の暴れん坊」などが封切られたのだから凄い。

「ゴジラ」（G作品と呼ばれた）は田中と円谷英二《つぶらやえいじ》が相談し、原作は香山滋《かやましげる》にたのむことにした。監督はアクション物に強い本多猪四郎がいいということは田中が発言している。

「潮騒」はすぐに観たが、ぼくは「ゴジラ」には行かなかった。後世とちがって、これはゲテモノ映画だと認識していたからである。そう考えていた人は多い。

ぼくが「ゴジラ」を初めて観たのは一九五七年五月七日、横浜のスカラ座においてである。昭和でいえば、三十二年か。

皮肉なことに、この「怪獣王ゴジラ」には東宝のマークは出なかった。「ゴジラ」のアメリカにおける権利を買ったのはゴールドマンという元コロンビア映画出入りの男で、ヒッチコックの「裏窓」で犯人を演じていたレイモンド・バーを使って新しい場面を撮り足し、日本の俳優の部分をけずって、アメリカ映画に作り変えた。上映は一週間で打ち切ったというから、完全にゲテモノ扱いであった。レイモンド・バーがスターになったのは、このあとだ。

それが日本に逆輸入され、「怪獣王ゴジラ」の名で公開された。

「検証　ゴジラ誕生」によれば、おおやけには〈凱旋興行〉と銘打って、五月二十九日に公開されたという。ぼくは五月七日に洋画系の劇場で観ているのでおかしいのだが、画面の上下をトリミングしたシネマスコープ型式だった。これはまずキャメラマンの著作権侵害になるが、事前にアメリカの映画ラボラトリーから東宝に文書がとどいたという。

「怪獣王ゴジラ」はこんな話であった。

アメリカの通信員（レイモンド・バー）が東南アジアからアメリカに帰る途中で日本に立ち寄った。そこにゴジラが出現。面白いというので、男はアメリカに連絡し、日本に残ってゴジラの行動をアメリカに刻々報告してゆく。

映画の枠《わく》はレイモンド・バーの報告風景だが、彼の目に映るのは日本版の「ゴジラ」であり、河内桃子である。ぼくは舌打ちしたが、「ゴジラ」の一作目、二作目は歩合制ではなく売り切りなので、東宝としては商売にはならなかった。

「ゴジラ」について、田中友幸は〈ビキニ環礁の核実験が社会問題となっていたので、こう仮定してみた。近くの海底に恐竜が眠っていて水爆実験のショックで目を覚ましたら……〉と考えて、「海底二万哩から来た大怪獣」という仮題をつけたと語っている。

よくいわれることだが、一九五三年に同じ題名のアメリカ映画があり、日本では一九五四年に「原子怪獣現わる」の題で封切されている。原作はレイ・ブラッドベリー。水爆実験で北極の氷河の底からよみがえった一億年前の怪獣が、ゴジラとは逆に南進してニューヨークに来る。全身に放射能を帯びて。

東宝の誰かがこれをニューヨークあたりで観ていたのではないか、という説にも一理ある。

「ゴジラ」については東宝の特撮物の戦前からの大家、円谷英二が乗るかどうかが問題であった。「ハワイ・マレー沖海戦」（一九四二年）の成功は円谷の腕一つだったからである。
田中友幸＝プロデュース
本多猪四郎＝演出
円谷英二＝特撮
伊福部昭＝音楽
原作（香山滋）を別にしても、このチームでなければ、「ゴジラ」は一作も完成しなかった。
六十年後にアメリカで作られるなど、考えもしなかっただろう。
なにしろ、「ゴジラ」は戦争と核兵器の化身というのが、田中の最初の狙いだったのだから。
世間がどう見るかは別として。
（'14・6・26）

ゴジラの咆哮 II

外に観ている。

「ゴジラ」に違和感を持っていたにもかかわらず、ぼくは円谷英二が特撮を担当した映画を意

太平洋戦争以前の作品では、「新しき土」、「海軍爆撃隊」、「燃ゆる大空」、「孫悟空・前後編」などの作品名がすぐ出てくるのは、円谷が〈特殊技術（当時の名称）〉を担当していたからである。

戦争が始まってからのものでは、「南海の花束」、「ハワイ・マレー沖海戦」、「加藤隼《はやぶさ》戦闘隊」、「怒りの海」、「雷撃隊出動」が場面や台詞まで思い出せるほどである。「燃ゆる大空」は主題歌も覚えている。

山本嘉次郎がドラマ部門を担当した戦争三部作（「ハワイ・マレー沖海戦」、「加藤隼戦闘隊」、「雷撃隊出動」）にいたっては、戦後も何度も観ている。「雷撃隊出動」のラストの夜戦の描写は円谷特撮のピークだろうと思う。ツブラヤという名前はぼくの少年時代の想い出の一つであ

る。

戦時中に陸海軍の嘱託になっていたため、敗戦後、公職追放になり、東宝を離れて、円谷特殊技術研究所を設立した。松竹、大映、その他の特撮を下請けしていたといわれる。

一九五二年、戦犯追放を解除された。東宝には最高顧問として森岩雄が戻っていた。

そのころの東宝特撮映画としては、一九五六年（昭和三十一年）年末封切の**「空の大怪獣ラドン」**が傑出していたと思う。「ゴジラ」、「ゴジラの逆襲」に続く面白さだった。原案を黒沼健に依頼したのがプラスに出た。

東宝怪獣映画初のカラー映画であるが、ラドン登場までのプロセスがすさまじい。いきなりラドンが現れずに、メガヌロンという巨大化したヤゴが、キリキリと音を立てて、貧しい炭鉱夫の家の畳の上を這いよってくる。

佐原健二と白川由美がふすまを閉めて逃げまわるというドメスティックな発端がまずこわい。阿蘇の近くという設定はわかるが、メガヌロンはこわいというより、気味が悪い。この幼虫でおどかしておいて、巨大なラドンが叫び声とともに現れる。大きさは不明、飛べば超音速という怪鳥だが、このくらい大きくないと博多の町が荒らされるというスペクタクル・シーンが納得できない。

地底の大洞窟がラドンの卵のかえるところで、その雛《ひな》がついばんでいるミミズほどのものがメガヌロンだったのだ。

ラドンの巣が阿蘇火山とわかり、自衛隊が総攻撃する。火口で傷ついた仲間をかばって滅びてゆくラドンの鳴き声が悲しくひびく。ドメスティックな怪奇シーンと、壮大な悲劇が大画面にくりひろげられるのだが、円谷特撮とひたすら滅亡に向う怪獣の姿が悲しい。

東宝の名物となった怪獣映画の中でも、これは傑作であった。しかし、大衆は親しみ易いゴジラの方を好む。

ぼくはある週刊誌の映画時評を書かねばならず、東映の「海底大戦争」やら、東宝の「モスラ」（原作・中村眞一郎、福永武彦、堀田善衞）も観ていた。一九六二年は東宝の創立三十周年なので、「妖星ゴラス」と「キングコング対ゴジラ」が作られた。脚本は関沢新一、音楽は伊福部昭。本家キングコングの権利を持っていたウィリス・オブライエンの「キングコング対フランケンシュタイン」の企画がうまくゆかず、東宝に流出してきて、フランケンシュタインがゴジラに変った。ぼくはそう感心しなかったが、世界的なヒットとなったために「ゴジラ対☆☆」シリーズが以後、コンスタントに作られるようになる。

一九六四年には、「三大怪獣　地球最大の決戦」が出て、ゴジラ、モスラ、ラドンの強力トリオが宇宙からきたキングギドラを迎え撃つというプロレスみたいな見せ物映画になった。あくる一九六五年の「怪獣大戦争」はゴジラ、ラドンに宇宙からきたX星人が加わる大決戦であるが、完全に子供向けになっている。ゴジラが流行の「シェー」をやると観客が笑うというわけで、ぼくはこれで完全に「ゴジラ」を投げた。

ぼくの予感は当たって、翌一九六六年から円谷プロは「ウルトラQ」、続いて夏から「ウルトラマン」をテレビで大ヒットさせる。

一九七二年からぼくはブロードウェイでショウや演劇を観る習慣を身につけたのだが、空き時間には映画も観る。

一九八五年、ヒマな時間に“GODZILLA 1985”という映画を観に行った。日本では一九八四年に「ゴジラ」という題で封切ったものらしく、批評は不可。ただ、レイモンド・バーがまたもや出るのが笑わせる、とテレビの司会者が言った。物好きなぼくは映画館へ行ったが、一本目の「ゴジラ」とそっくりな話で、監督は橋本幸治と向うの人物の連名になっていた。〈レイモンド・バーはチープな、ギリシャ悲劇のような短いシークエンスの中に戻ってくる〉と新聞の批評にあったと思う。

〈ストレイトにおかしい〉とも。

それはそうで、今度はカラーの世界に戻ってきたら、東京ではまたゴジラが暴れていた、というのだから〈おかしい〉。映画館は一杯だったが、黒人の子供がさわぐので、レイモンド・バーのシークエンスだけを観て、出てしまった。

アメリカでは一九九八年の「ゴジラ」、今夏封切の「ゴジラ」と二本製作されているが、一九九八年のローランド・エメリッヒ監督のはひどい出来で、マシュウ・ブロデリックのような演技派がよく出たと思った。今年のはこれから観る。

二〇一四年六月八日の第六十八回**トニー賞授賞式**を六月十四日の夜にWOWOWで観た。九日朝に同時通訳でライヴ放送されたものの、字幕スーパー版である。

いきなり、〈ぴょんぴょん飛び〉で登場する司会のヒュー・ジャックマンがすごい。長尺でこの飛び方をするのは「ザッツ・エンタテインメント」という昔の映画でしか観たことがない。その飛び方で、楽屋でクリント・イーストウッドとすれちがうのが面白い。イーストウッドは受賞者の名を読み上げるために来ていたのだ。

インサートされるショウの中では、W・アレンの芝居「ブロードウェイと銃弾」中のマフィアたちのタップダンスにおそれいった。これはもう、観ているしかないものだ。

（'14・7・3）

梅雨のなかの思い

今年のように雨が多くては、散歩もできない。
雨――というより豪雨、雷、竜巻、ひょうであり、ぼくの子供のころにはなかったものだ。東京で竜巻なんて信じられない。竜巻といえば、「オズの魔法使い」しか知らないから、近年、牛が飛ばされるアメリカ映画を観て、びっくりしたくらいである。

今も、一天にわかにかき曇って、雷の音がしている。山登りをしないぼくは、この雷というのが苦手である。子供のころ、親につれられて伊香保へ行ったところ、有名な旅館の太い庭木が落雷で引き裂かれていた。こわいものだと思ったのは、前にも、あとにも、経験がなかったからである。

東京にいて、うわーと思うのは夕立ぐらいである。戦時中は天気予報というものがなかったから、夕立がいつくるかわからない。ラジオでも新聞でも、天気予報はいっさい無かった。

今年の冬から梅雨どきにかけて、快晴という日はほとんどなかった。だから、散歩というものがほとんど出来ない。ということは、映画も観られないし、うまいものもほとんど食べられないことになる。

こうしたとき、五年ぐらい前までは電話で友人と話していたものだが、友人の多くは亡くなっている。

こういうものだろうか。大瀧詠一さんの死（去年の暮れ）をはさんで、友人知己がつづけて亡くなった。新聞の死亡欄を見ると、毎日、名前を知った人が亡くなっている。それも、きまって、七十代、八十代である。

ぼくも自分がどうなるか、まったく自信がない。医者通いで一日が終ることもある。最近困ったのは、三十年以上、頭を任せている美容師が急に亡くなったことで、こればかりは、あとを町内ですますわけにはいかない。

ぼくの住む町は、バブル期以後、商店がしだいにシャッターを閉めて、空地が多くなり、たまに小さなアパートが建つぐらいである。腕時計が故障しても渋谷まで出なければならない。KOKUYOのメモパッドを買うのも渋谷だ。不自由きわまりない。

外出ができないので、ラジオをきいていることが多い。皮肉なもので、そういう日に限って大瀧さんの「君は天然色」などがかかる。大瀧さんの手紙を整理しなければなあ、と溜め息をつく。「小林信彦さんと私」という氏のエッセイも、もう一度読まねばと考える。

みんな、このような人生を送っているのだろうかとつくづく思う。DVDやブルーレイを眺めることもあるのだが、白内障なので目が疲れる。テレビは見ないといっても、WOWOWの「MOZU」は見るのだが、あとで目が腫れるらしい。

一夜明けた今日は今日で、早朝のサッカーのコロンビア戦の敗北を、マスコミがいっせいに嘆いている。ぼくはサッカー音痴なので、日本が勝てるという希望を持てることがわからず、強引に日本が勝てると信じて怒り狂っている人々の気持がわからない。

一つには昨日が沖縄敗戦の六十九年目で、日本兵がいかに沖縄人を殺したかについて、TBSラジオでこまかく説明されたからかも知れない。

説明された事実は、敗戦のときに十二歳だったぼくが、あとでさんざん聞かされたことである。沖縄の一般人が白旗をかかげて米軍に降伏しようとすると、穴の中から沖縄人を射殺する日本兵たち。用意した竹槍で米軍に向い、いとも簡単に殺された日本兵。

ぼくは、叔父たちからなぜ敗戦に至ったかという話をいやというほど聞かされ、雑誌でも読んでいた。

五年後の昭和二十五年（一九五〇年）に、朝鮮戦争がおこったから、日本人はたまたま助かり、少しお金が入ったのである。

その後のアメリカとの関係でいえば、敗戦国日本が〈経済成長〉をとげ、戦勝国アメリカが経済的に苦しんだのはおかしい、とぼくはずっと思っていた。敗戦国は敗戦国らしくしていれば良いのである。

いや、これは少々、乱暴な言い方かも知れないが、とにかく静かにしていて欲しい、というのがぼくの希望である。

一九六四年の東京オリンピックあたりから、日本人は自分たちが〈勝てる国〉という、途方もない幻想の中を生き始めた。経済がその裏づけだったのだが、少数の有能な経済人がいて、〈トランジスター・ラジオの行商人〉といわれようがなんのその、商売の道をまっすぐに突き進んだのだ。

それはそれでいいと思う。が、なぜ負けたかという事実を、とことん問い詰めていったドイツはすごい、とぼくは思っていた。ヒトラーたち、狂った指導者によって、はっきり映画の中の悪役仕立てになっても、じっと我慢していた。

一方、時が移って、日本にもヒトラーに似た指導者が出てきた。ひとつおかしくなると、NHKの会長から経営委員まで、すべておかしくなってしまう。東京都議会で〈みんなの党〉の女性議員を性差別でからかい、ヨーロッパからアメリカまでの外国特派員協会の記者たちがこの〈性差別〉(セクハラではない)はどういうことかと怒りをあらわにした。つまり、欧米メディアはあいまいな東京都議会を鋭く断罪したのだ。

国会で保守勢力が圧倒的な力を持つと、〈数の多い方が勝ち〉という単純な考え方が、上から下までをおおってしまう。性差別の問題でも、日本のマスメディアは女性議員へのバッシングをやってやろうと準備していると聞く。

男のお子さんを持つ女性から「今の暴走政権で大丈夫だろうか?」と訊かれることがある。

集団的自衛権解禁をなにがなんでも果そうという安倍政権の暴走は危険だが、この事態は公明党にも責任があるし、なんといってもA級戦犯は民主党だろう。

そこで海江田万里代表の名が出てくるが、少し記憶力の良い人なら、民主党が大混乱になった責任は、海江田ならぬ、自民党右派と同じ考えの前原誠司・元代表にあるとわかるだろう。次から次へと離党の構えを見せたり、珍妙なアイデアを出して大衆を混乱させた責任は大きい。

('14・7・10)

明白に危険な時期

ご存じのように、安倍内閣が七月一日の閣議で、〈集団的自衛権〉の行使を認める新たな憲法解釈を決定した。

戦争への歯止めはあいまい。戦後六十九年にして、九条に象徴される平和憲法は初めて危機を迎えた。

この〈改憲〉に民意への問いかけがないことは、安倍内閣の強い拒否感を感じさせる。また、公明党幹部の裏切り（自民党への接近）がぎりぎりで生じたことが〈決定〉の原因であるのは、見る通りだ。自民総務会でも異論が噴出し、野田聖子総務会長が一任を取りつけるという展開となった。

安倍首相が、なぜここまで強引に閣議決定をしたのかについては、〈幼児化説〉〈祖父へのコンプレックス説〉ほかいろいろあるが、ぼくはそうした分析に興味がない。

一夜明ければ、テレビはまるで他の情報しか流していない。このケロリとした雰囲気は、一九六〇年六月十九日午前〇時に、いわゆる〈六〇年安保条約〉が〈自然成立〉した日の空気に似ている。ちがうのは、七月十五日に岸内閣が総辞職したことである。

〈平和ボケ〉という言葉がキライだった。

ぼくは少しも〈平和ボケ〉などしていないし、そんな余裕もない。他人が〈平和ボケ〉するのは勝手だが、ぼくはボケている余裕などなく、男の子を戦争からいかに守るかを考えている。〈男の子〉というのは、一般の日本人ではなく、ぼくの血を引く〈男の子〉であり、はっきりいえば孫である。

このところ、沖縄戦でどれほど人が（とくに子供が）殺されたかをラジオでくりかえし聞いた。沖縄からの疎開児童をのせた対馬丸《つしままる》が米潜水艦に沈められ、千五百人が死亡した話も改めて頭に入れた。

安倍が好きらしい〈戦争〉というのは、こうしたものである。対馬丸にのっていた学童たちは、いずれもぼくと同じくらいの歳である。先日、天皇が沖縄へ行き、対馬丸の碑に手を合わせたのは、天皇がぼくより一歳年下だからである。

こうした情報が絶えず耳に入ってくるのだから、ボケているヒマがないのがわかって頂けるだろう。

ぼくも集団疎開（埼玉）、個人疎開（新潟）を重ねて生きのびた。〈六〇年安保〉の時はワセダの列の末端にいたが、二十七歳で、病気になってしまった。

とにかく、世の中には〈戦争〉をしてトクをしようという人間がゴマンといるのである。〈戦争〉で痛めつけられた者は、八十歳以上で、数がすくない。〈戦争〉を知らない人間がものすごく多いというのが、今度の安倍（彼も戦争を知らない）の〈決定〉でわかった。

こうなったら、〈即時、戦争ができる閣議決定〉を選挙でつぶしていくしかない。

第三十六回モスクワ国際映画祭の授賞式が六月二十八日午後（日本時間同日深夜）におこなわれ、熊切和嘉《かずよし》監督の「私の男」が最優秀作品賞（グランプリ）を得た。

おまけに浅野忠信が最優秀男優賞を得た、というのでめでたいことだと思った。二週間ほどまえに、ぼくは「私の男」を観ていたのである。

モスクワの映画祭は、新藤兼人監督が一九六一年に「裸の島」でグランプリを得たので、日本人に親しいものとなった。新藤監督は「裸の十九才」、「生きたい」でもグランプリを得ている。新藤さんのための賞みたいなところもあった。

黒澤明は「デルス・ウザーラ」でグランプリを得ている。これはまあ、当然という気がする。ロシア（ソヴィエト）が全面的に協力したからだ。昨年、「さよなら渓谷」が審査員特別賞を得たのは記憶に新しい。

新藤監督が二〇〇三年に特別功労賞を得たことは、今度、初めて知った。

女優は三人ほど賞を得ているが、最優秀男優賞は一九八三年の加藤嘉《よし》いらいであり、浅野忠信の受賞は妥当だと思った。

「私の男」は気楽に観に行ったのだが、かなりヘヴィーな作品だった。流氷が一つのモチーフになっているが、熊切監督が北海道の出身と知って、音を立ててきしる流氷の迫力が納得できた。

ふつうにこの映画を観たら、まず、浅野忠信をはさむ河井青葉と二階堂ふみの口論がわからない。見当はつくが、具体的な事実はどうなのか、と思う。

こまかいところでぼくには理解できないところがあったので、桜庭一樹の原作を読んでみると、明快にわかった。映画は、原作の十六年を逆にしているので、わかりにくくなっているのである。この〈ストーリーの逆転〉が良いか悪いか、ぼくには判断できない。二階堂ふみのヒロインと義父（浅野）が途中で東京に出てきている、その切れ目が映画でははっきりしなかったのである。

感心したのは、少女と義父が結ばれるところで降る血の雨。今はあまりこういう〈鈴木清順まがい〉のテクニックを使わないが、この映画では成功していた。

もう一つは河井の祖父で少女と義父の遠縁の老人を演じた藤竜也。ぼくはこの役者が好きで、日活時代からよく観ていたが、「愛のコリーダ」でつくづく感心した。もう七十を過ぎたはずだが、色気がある。

三十日、東京での受賞会見での浅野忠信の言葉――「長いこと仕事をして、こういう機会はなかなかない。やってきてよかった」

ぼくも、忙しいなか、この映画を観てよかった、と思った。

一人の俳優が東京都武蔵野市の自宅近くで倒れていた。搬送先の病院で死亡確認。心不全。斎藤晴彦（七十三歳）の死は二十九日の朝刊で知った。

劇団黒テントの創立メンバーで、演技だけでなく、歌もうまい。東宝の舞台で「放浪記」や「レ・ミゼラブル」に長く出ていたというが、ぼくが観ていたのは、七〇年代初めごろの黒テントの芝居だった。

最後に観たのは、数年前、神楽坂の小さい劇場でのエノケン、ロッパを記念したひとり芝居。エノケンの一連の歌をうたい、ロッパの食べ物のエッセイを朗読したと記憶する。惜しい人がまた亡くなった。

（'14・7・17）

ゴジラの咆哮 III

アメリカ版「ゴジラ」が公開されるせいだろう、東宝が「ゴジラ」第一作（一九五四年）以下をブルーレイ・コンプリート版で出した。

ＮＨＫテレビで、初めの「ゴジラ」（デジタル・リマスター版）を観たが、白黒がはっきりして、昔のボンヤリした画面ではない。

また、これは、昔も感じたことだが、製作時より九年前の戦争の匂いが濃い。東京湾から上陸したゴジラが、品川区、港区を経て国会議事堂をこわすプロセスは覚えていたが、父親を殺された母子が建物の影で抱き合っているシーンなどは明らかに空襲の記憶である。

大八車やバスで逃げる人々も空襲を思わせる。東京の山の手が燃えている映像などは円谷特撮のピークの、戦時中の映画「雷撃隊出動」の夜戦の描写を連想させる。

それから、この作品は、ゴジラが暴れる動機として、一九五四年三月の第五福竜丸事件（アメリカの水爆実験で被災する）がもとになっていることをはっきりさせている。同年八月に原水爆禁止署名運動が全国でひろがった事実と、映画化の進行が重なっているのを考えると、この映画が〈重い〉といわれるのも当然だろう。

水爆の恐怖が日本中にひろがっているときに、社会批判ではなく、エンタテインメントとして「ゴジラ」を製作したのは大胆だった。ただし、エンタテインメントといえるかどうか疑問だが。

久しぶりに第一作を観ての感想だが、田中友幸（製作）、本多猪四郎（監督）、円谷英二（特殊技術）、伊福部昭（音楽）のチームでなかったら、この映画は完成しなかったろう。ゴジラが海に沈んでゆく時、「海ゆかば」がちらと耳に入ったが、ゴジラもまた敗北者であるという認識と、志村喬がいう「ゴジラはきっとまたくる」という台詞は、東北での被災とも結びつく。

アメリカ映画に前例があったとしても、唯一の被爆国らしい発想であり、いやでも、暗く、悲しくならざるをえないのである。〈怪獣映画〉の一語で片づけられない、敗戦の記録である。

特撮物のすべてが良いというわけではない。

しかし、日本軍の撤退《てったい》を描いた「太平洋奇跡の作戦・キスカ」（一九六五年）のような佳作もあり、いわゆる東宝の〈八月十五日もの〉の中では、一見に価する。

これはアッツ、キスカの戦いにおけるキスカでの退却を描いた映画で、アッツ島の前を通るとき日本兵の悲しみの声がきこえたという噂（?）をふくむ敗北の記録である。

藤本真澄《さねずみ》プロデューサーに、「どこで撮ったのですか」と訊くと、「箱根だよ」と答えられ、がっくりしたのを思い出した。

DVDやブルーレイが売れなくなっているのではないか。ぼくが両者を買いに行く店はほぼ決っているが、店頭がなんだか淋しくなっているように感じる。

DVDの広告は映画専門誌にも出ているが、ぼくは二冊の雑誌を買っている。

「DVD&ブルーレイでーた」はエンターブレインという会社が出している雑誌で、これから出るDVDとブルーレイのカタログが、邦画・洋画・テレビドラマという風に分けて出ている。未公開映画、未放映映画は〈DVDスルー〉としてとり上げてある。主として映画館にかからない喜劇だが、うっかりすると見過すB級、C級映画であり、観る観ないは別として、いちおう頭に入れておく。

ジャック・レモンが有名になる前の喜劇など、これを見て入手したが、あまり面白くなかった。ジャック・レモンは「ミスタア・ロバーツ」からスタートしたということがわかる。

この雑誌は、毎月、二十日にコンビニの店頭に出る。

もう一冊、「DVD&ブルーレイビジョン」という雑誌が日之出出版という会社から出ていて、これはこれで下世話なところが売りである。

なぜか、注目海外ドラマの第一話や新作映画の予告編のDVDがはさみ込まれている。さらにカンヌ国際映画祭の人気者の写真などが集められていて、その部分は「スクリーン」のような雑誌に似ている。

二冊買う必要はないと思うが、ぼくはマニアックなところがあるので、両方をこまかく見る。「ルパン三世」の劇場版が公開されたりするので、〈ルパン三世フィルモグラフィー〉といった年表があり、それもこまかくチェックする。

それにしても、新作は少くなり、少し前、あるいはずっと前の映画（戦前とか）のＤＶＤ化が多くなったのは、ぼくにとってはありがたい。サム・ペキンパーの「ダンディー少佐」のような六〇年代の映画が、特典付きバージョンでＢＤ化されている。イーストウッドの「タイトロープ」や、メル・ブルックスの「ブレージング　サドル」が製作四十周年記念エディションで出るのも悪くない。後者は西部劇のパロディだが、メル・ブルックスの原住民がイディッシュをしゃべるだけで笑わせる。和製「ゴジラ」シリーズが東宝からずっと出るのもブルーレイである。

ジェニファー・ローレンスの少女時代のＤＶＤ「早熟のアイオワ」も今月に出る予定。イーストウッド監督のミュージカル映画「ジャージー・ボーイズ」（〈フォー・シーズンズ〉の伝記ミュージカルでトニー賞受賞）が公開されるのが九月二十七日であることまで出ている。

このところ、ぼくは日本映画の小品ばかり観ているのだが、これはＤＶＤのおかげである。

欧米のクラシック映画は、ジュネス企画の作品リストを見ればいい。

「春の序曲」をはじめ、一九三三年の「四十二番街」やルビッチ、その他のオムニバス映画

「百万円貰ったら」や、日本のスポーツ紙でいまだに使われている言葉の元になった野球喜劇「春の珍事」も入手できる。

ミュージカルでは、「姉妹と水兵」、一九三六年の「ショウボート」が入手できる。高いブルーレイよりも、この会社のＤＶＤ作品の方が珍品が多い。

アメリカで「ゴジラ」に手を入れた「怪獣王ゴジラ」と「ゴジラ１９８５」のＤＶＤは出ていないが、たまたま、この二作をゴジラに興味がないぼくが観ているのは皮肉だ。

（'14・7・24）

グレース・ケリー伝と映画の新書

フランス映画「グレース・オブ・モナコ　公妃の切り札」（十月公開）は、ヒッチコックがモナコ公国の宮殿のドアを押すところから始まる。アルフレッド・ヒッチコックはグレース・ケリーに次の映画の主役を演じてもらいたかったのだ。

グレース・ケリーのキャリアについて、誰でも知っていることを書く。

父はアイルランド系の二世で建築業者。母はドイツ系の美人で、若いころはモデルをやっていた。グレースは四人兄妹の三女で、十一歳で舞台に立ったこともある。十八歳のとき、本気でストリンドベリ作「父」の舞台に立ったところを二十世紀フォックスのスカウトの目にとまった。

一九五一年“Fourteen Hours”で人妻役を演じたのが映画デビュー作。これを観たフレッド・ジンネマン監督が「真昼の決闘《ハイ・ヌーン》」でゲイリー・クーパーの花嫁役に抜擢した。硬質な表情、ハリウッド女優にない気品を見せ、人々を驚かせた。

彼女を大スターにしたのは、なんといってもヒッチコックで、「ダイヤルMを廻せ！」、「裏窓」、「泥棒成金」の三作で、輝くブロンド、ブルーの瞳、白い肌のグレース・ケリーを生かし、映画を大ヒットさせた。

「裏窓」ではおそれを知らぬファッション・モデル、「泥棒成金」ではロマンティック・コメディの名手ケイリー・グラントが顔をあからめるような演技で、観客の心をときめかせた。

全作品十一本の中には、ジョン・フォード監督の「モガンボ」があり、クラーク・ゲーブルと共演。アル中の夫との生活に苦労するクリフォード・オデッツの戯曲「喝采」ではビング・クロスビー、ウィリアム・ホールデンと共演して、アカデミー主演女優賞を得た。

ハリウッドでの栄光をほぼ手に入れた彼女はカンヌ国際映画祭でモナコ公国のレーニエ大公と出会い、一九五六年四月に大公と結婚、モナコ公妃となる。以後、ハリウッドからの誘いはすべて断っている。

ここで映画の発端に戻る。ヒッチコックの誘いは新作「マーニー」に出てくれないかというもので、相手役は007役で人気が高いショーン・コネリーである。ケリーはその脚本に心を惹かれる。一万ドルを盗む女、しかも異常神経――こんな役はやったことがなかった。

ところで、公国での彼女の立場は完全に孤立していた。誰も信用できないし、よそ者扱いされる。ときは世界中をさわがせた〈ロイヤル・ウェディング〉から六年後。

親友のマリア・カラスは大富豪オナシスの愛人であり、たよりとした相談役の神父（フランク・ランジェラ）はアメリカに帰ってしまう。

グレース・ケリーとレーニエ大公との切手をぼくは持っている。レーニエ大公はすごいハンサムだ。

しかし、映画でティム・ロス演じる大公は、無能で、ド・ゴールが「モナコ企業に課税して、フランスに納めさせろ」と命令を出しても、なすことを知らない。

モナコ公国はピンチになり、グレース・ケリーは「マーニー」に出演することを本気で考える。しかし、大公の親戚は「国家の危機にハリウッドへ逃亡するのね」と非難し、アルジェリアの独立戦争で戦費が必要なフランスは「モナコをフランス領にしよう」と声明を出す。ここは少し説明がいるのだが、フランスの企業はモナコに移転してしまえば、フランスに税金を払わなくてよいというルールがあって、ド・ゴールはそのルールをこわしてしまえ、と言っているのだ。

グレース・ケリーを演じるニコール・キッドマンの見せ場はここからで、最近の彼女としては信じられないほど美しく、本物かと思われる上品さで、ド・ゴール暗殺未遂をのりきって、国を救う。もちろん、「マーニー」出演はことわってしまうのだが、ここで一世一代の大芝居を打つのがニコール・キッドマン久々の見せ場である。

映画の中には、これは本当にあったことだというタイトルが出るが、そうかどうか、ぼくにはわからない。また、一九八二年九月に自動車事故（脳内出血）で死ぬのだが、この話には一行も触れていない。グレース・ケリーの美談として美しいままに終っている。だから、彼女の

〈大芝居〉には触れないでおく。

芝山幹郎氏の角川SSC新書「今日も元気だ映画を見よう　粒よりシネマ365本」も、題名はともかく、内容はしっかりしたものだ。古典から新作まで〈気合の入った映画〉をとり上げている。幸い、ぼくは大半の作品を観ていた。ルビッチの「生活の設計」で始まり、「ペーパーボーイ　真夏の引力」で終るのだが、「ペーパーボーイ」には〈ビッチのキッドマンに外れなし〉という名文句がついている。

そう、ニコール・キッドマンは貴婦人かビッチかで成功する女優で、「グレース・オブ・モナコ」では貴婦人を演じていたが、「誘う女」にはじまる一連のビッチ役がぼくは好きだ。

三百六十五本の中では、一九五八年のアカデミー賞作品「恋の手ほどき」をとり上げているのがさすがだ。MGMミュージカル最後の作品で、監督ヴィンセント・ミネリ。ミュージカルの黄金時代を作ったアーサー・フリードにしても最後の作品であり、老いた遊び人モーリス・シュヴァリエ（七十歳）が「サンク・ヘヴン」と歌い上げた映画だ。女の子はレスリー・キャロン。

これが最後のMGMミュージカルかと思えば、観ていて涙がとまらなかった。もう、「バンド・ワゴン」のような名作は作られないのだ！

それから、スティーヴ・マーティンの「サボテン・ブラザース」がとり上げられている。亡くなった大瀧詠一が、自分はどうしても「サボテン・ブラザース」が好きなのだ、と言いきったフシギな喜劇だ。

かと思えば、石井輝男の「直撃地獄拳　大逆転」も入っている。千葉真一、佐藤允《まこと》、郷鍈治主演というだけで、どれほどバカげた映画かがわかるはずだ。この三人に仕事をたのむのが池部良。空手映画ブームの副産物で、ぼくも呆れかえった。芝山氏が信用できるのは、こういう映画を入れるからだ。

さらにジョゼフ・L・マンキーウィッツ（「三人の妻への手紙」）の再評価もあり、〈わかる〉人はぜひ読んで欲しい。

（'14・7・31）

いまはむかし　東宝クレージー映画のかずかず

東宝は往年のビデオを出すのが遅かった。いまは消えてしまったが、新宿松竹のならびに松竹のビデオ屋があったころ、松竹や東映のビデオをよく買った。大島渚の「天草四郎時貞」（東映）をここで買ったが、大島さんの妹さん（故人）が「あのフィルムはなくなったらしい」とコボしていたので、「いや、売ってますよ」と教えたことがある。

東宝は植木等の「無責任」シリーズや森繁さんの「社長」シリーズは出していたが、去年になって、講談社版の〈東宝　昭和の爆笑喜劇ＤＶＤマガジン〉を出し始めた。

ぼくは全く知らなかったので、とりあえず五十号まで出すという連絡をもらい、びっくりした。Ｂ５判変形、毎号カラー十八ページ、ＤＶＤ一枚（映画一作品）を完全収録、というのがい、売りである。

藤田まことの「てなもんや」シリーズが三作、初ＤＶＤ化されているのが珍しい。藤田まことは渡辺プロに入ってから、谷啓とセットで「西の王将東の大将」などの映画を作ったが、ヒットはしなかった。

ワイズ出版映画文庫から出た「特技監督　中野《なかの》昭慶《てるよし》」の〈特殊技術デビュー〉の項に、古澤憲吾の「クレージーの大爆発」（一九六九年）が中野氏の特撮第一作として入っている。

これには藤田まことが総理大臣の役で出ていて、他の大臣の一人が「日本も水爆を持った方が」などと言い出し、まわりにたしなめられる。クレージー映画での藤田まことは、こういうちょっとした役で場面をさらっていた。

このやり方は、クレージーの「大冒険」がもっとも大胆で、森繁さんが総理大臣になって少し出る。

中野昭慶氏の本では「（「大爆発」の）ラストがまた古沢さんらしくていいですね。月に空気があるかどうかなんて気にせず、クレージーが歌いまくる」と質問者に言われて、「パレさん（古沢氏）はとっても破天荒で面白いんだよな」と答えている。

昭和四十年にクレージーの結成十周年映画「大冒険」を手伝わされた。

藤本真澄プロデューサーが、ジャン＝ポール・ベルモンド主演の「カトマンズの男」を観てきて、ああいう大冒険ものを植木でやりたい、と言い出したのだ。

笠原良三、田波靖男の二人が脚本を書いたが、二人で前半・後半を別々に書いたので、ハナシがつながっていない。そこで、ぼくが呼び出され、古澤さん（パレンバン落下傘部隊の一人なので、〈パレさん〉と呼ばれた）と二人で、小さな旅館で話をつなげることにした。

この映画は円谷特撮が入り、後半、大島で大戦争をやるので、話がきちんと出来ていないと困るのである。（大瀧詠一さんはこの映画をクレージー物で二番目と評価していた。植木さんの「辞世の歌」という歌が良いというのである。）

ぼくは東宝撮影所のプールにつれていかれ、植木さんたちがつれこまれる潜水艦に乗った。円谷さんが作ったものだけに、これはよく出来ていて、プールの中に吸い込まれたらどうなるだろうと思ったほどである。

ぼくがその場に行ったのは東京新聞が写真をとるためで——つまり、映画のＰＲに使われたのだ。

映画はお金をかけただけに大ヒットして、藤本さんはギャラとは別に、帝国ホテルで始まったばかりのバイキング料理をごちそうしてくれた。正しくは〈ビュッフェ〉というべきだろうが、日本ではバイキング料理の名で始まったのである。

三十を過ぎたばかりなので、ぼくはものすごく食べた。その中に、タルタル・ステーキが三つぐらいあったと思う。

「それをたくさん食べられるのが、ホテルとしては痛いんだよ」

藤本さんは笑いながら言った。


一九六六年に「クレージー大作戦」という映画があった。クレージー映画の脚本家がズラリとならんだ映画で、監督は古澤憲吾である。

「大冒険」で味をしめたのか、古澤さんはぼくに脚本を手伝えといってきた。ぼくはもうできることがないのだが、では、やりましょう、と言った。

脚本を読むと、これが面白くない。一つ手を加えるとすれば、車の列の中から真中の一台を抜いてしまうシーンであるが、そういうやり方をぼくはイギリス映画で見ていた。説明すると、古澤さんは「これはできますね」と言った。

そのシーンを説明すると長くなるが、ごく最近、DVDで見直してみた。古澤さんは、あっ、というような絵作りをしていた。

にもかかわらず――映画は面白くないのである。なぜだろうか？

考えたあげくにわかったのは、植木さんの歌がすくないことだった。

「クレージー大作戦」は荻昌弘さんが週刊誌に、クレージー映画で初めて面白かった、と書いていた。しかし、ヒットしないと、まったく相手にされないことがわかる。

〈東宝クレージー映画〉のベストワンは第一作の「ニッポン無責任時代」（一九六二年）であるのは、いまや、誰もが認めることであるが、ストーリー、人物もさることながら、植木さんの名曲がすさまじい勢いで、ドラマを転がしてゆくのである。その歌も、作詞・青島幸男、作曲・萩原哲晶《てつしょう》でないとダメなのだ。クレージー・キャッツの七人ががんばっても、植木さんが一連の植木節をうたわないと無理なのである。

四年後の「クレージー大作戦」には、面白い歌がない。青島幸男は政治に興味を持ち出しているし、まあ、熱心ではないのだ。仕方がないけれども。

そのころは谷啓の方が面白いという人もいたが、谷啓さんのＤＶＤをまとめて見たが、そう面白くはなかった。

むしろ、第三作の「クレージー作戦　くたばれ！無責任」（一九六三年）で、植木さんと張り合う谷さんが面白かったと、当時からぼくは思っていた。

谷さんは音楽ギャグを作らせたら、うまいものである。ＴＢＳの「植木等ショー」に、全篇音楽ギャグというのがあって、さきごろビデオが売られていたが、これなど本領だろう。

結局、植木さんのブッ飛んだ歌がないから、映画はしぼんでいった。たのまれて、彼らのことを〈東宝のマガジン〉に書くために、谷さんのＤＶＤを見て、つくづくそう思った。

（'14・8・7）

イーストウッドの傑作「ジャージー・ボーイズ」

クリント・イーストウッド監督・製作の「ジャージー・ボーイズ」の試写を観せていただき、ぶっ飛んだ。

正直なところ、イーストウッドがアクション、ロマンス、伝記ものなどは撮れるとしても、まさか〈ミュージカル〉をオーソドックスに撮れるとは思わなかったのである。

ここで〈ミュージカル〉というジャンルを定義しておかなければなるまい。

〈ミュージカル〉は歌と踊り入りのドラマだが、「ウエスト・サイド物語」（六一年）以前と以降では〈ちがうもの〉と考えておいた方が良いだろう。

以降の作品ですぐれているのは「マイ・フェア・レディ」（六四年）であり、これはレックス・ハリスンの演技が飛び抜けていたが、ぼくが考えている〈ミュージカル＝MGMミュージカル〉とは、どこか〈ちがうもの〉と思われる。バーナード・ショウの「ピグマリオン」を原作としているだけに、どこか〈文学的〉であり、ラストにいたってはバーナード・ショウ版と全くちがう。ドラマの中に主役（オードリー・ヘプバーン）の父親で、のんだくれのアルフレッド・ドゥーリトルという人物が出てくるが、歌と踊りの重要な役で、当時、すでに引退していたジェームズ・キャグニーにしつこい依頼が行ったほどであった。キャグニーはこの役を固辞し、スタンリー・ホロウェイが役を演じた。あとで、キャグニーはスタンリー・ホロウェイの演技をほめていたといわれる。

ぼくがここで〈ミュージカル〉と呼ぶジャンルは、「ウエスト・サイド物語」でも「マイ・フェア・レディ」でもない、それ以前の〈MGMミュージカル〉であり、アーサー・フリード（「雨に唄えば」の作詞者）がプロデュースした一連の作品のことだ。

アーサー・フリードは何人かの監督を使ってミュージカル映画を作ったが、「ジャージー・ボーイズ」を観たぼくがすぐに想い浮べたのはヴィンセント・ミネリという監督だった。夫人の名はジュディ・ガーランド。二人のあいだには女の子がいて、ライザ・ミネリという。

この人は大きな舞台の美術監督で、ラジオ・シティ・ミュージック・ホールでの「マダム・デュバリー」が三年間のロングランになったのが有名だ。

MGMに呼ばれて「若草の頃」を監督し、「花嫁の父」、「可愛い配当」のようなホームドラマ、「悪人と美女」のようなシリアスドラマもあるが、「巴里のアメリカ人」、「バンド・ワゴン」、MGMミュージカルのフィナーレといわれた「恋の手ほどき」が代表作といえる。ほかに「蜘蛛の巣」、「炎の人ゴッホ」、「お茶と同情」、喜劇「バラの肌着」のような、重い映画、軽い映画も作っている。この人における「バンド・ワゴン」の傑作度が、イーストウッドにおける「ジャージー・ボーイズ」にどこか似ている。

クリント・イーストウッドの作品には、〈少人数の男がもめる〉「ミスティック・リバー」のような作品が目立つ。溝口健二がジョン・フォードを評して言った言葉を使えば〈男さわぎ〉だ。

「ジャージー・ボーイズ」は音楽入りの男さわぎ映画である。

「ザ・フォー・シーズンズのサウンドは、ジャズとビッグバンド時代に生まれているので、これはクリントの〝操縦範囲〟だと私は思ったんだよ。そしてふと思いついて、彼に脚本を送ったところ、二日もたたないうちに彼から電話があり、やりたいと言ってくれた」

とは製作のグレアム・キングの言。

イーストウッドは「大スターはいらない」と語っている。フランキー・ヴァリとフォー・シーズンズの物語は音楽がうまく入れば良いのだ。

イーストウッドはピアノが弾けるし、長男のカイル・イーストウッドはミュージシャンで、映画の音楽の四人のトップに名が出ている。ブロードウェイの大ヒットミュージカルを生かすには最適任だ。

映画は一九五一年、フランキー・ヴァリの登場で幕があく。ニュージャージーは汚れた街で、遠くにニューヨークが見える。不良の街。フランク・シナトラもここの出身だ。

フランキー・ヴァリ（ジョン・ロイド・ヤング）
ボブ・ゴーディオ（エリック・バーゲン）
トミー・デヴィート（ヴィンセント・ピアッツァ）
ニック・マッシ（マイケル・ロメンダ）

ジョン・ロイドは舞台でフランキー・ヴァリ役を演じた。彼はファルセット・ヴォイスでトニー賞を受賞した。本物のフランキーとボブ・ゴーディオは映画の総指揮にも加わっている。トミーは四人組を強引に売り出していく男だ。一方、ニック・マッシはヴォーカル・アレンジャーでベース・ギター担当でもある。

ボブが加わってからザ・フォー・シーズンズの形がかたまる。彼は良い家庭の出身で、不良でもなく、三人と出会ったときには、すでに「ショート・ショーツ」というヒット曲を出していた。音楽の才能でもビジネスの才能でも、三人よりも高いボブは、フランキーに二人だけで組まないかと持ちかける。フランキーの答えは、「自分はニュージャージーという土地で生まれたから、他の二人とは離れられない」だった。

その〈土地〉はギャングのボスのクリストファー・ウォーケンが支配している。このクリストファー・ウォーケンが傑作だ。

この映画で珍しいのは、登場人物がカメラに向けて感情を口にすること。マルクス兄弟の映画などで、すでにおこなわれていた技術だ。

もう一つ珍しいのは、一九九〇年にロックの殿堂入りをした〈フランキー・ヴァリとフォー・シーズンズ〉が、老けた姿から若き日の姿にかえり、ニュージャージーの道に出て歌い踊る華やかなシークェンスである。これは実際に観てもらわないとわからない。イーストウッド映画にしては明るく楽しいフィナーレであり、クリストファー・ウォーケンのボスまでが踊っている。

イーストウッドは、もはや、どのようなジャンルの映画でも撮り上げられる人になったのだ、とつくづく思う。映画の中に昔の映画、テレビドラマが出てくるのも楽しい。

（'14・8・14／21）

原爆の夏

今年の夏は暑い。

なぜ、こういうことになったのかわからないが、ぼくと同世代の人間と話すと、六十九年前の夏の話が出る。

暑い夏だったということ以外に、〈新型爆弾〉の話である。〈新型爆弾〉については、当時はすべてが伏せられていたから、新聞を見ても、何のことだかわからなかった。

ぼくは朝日新聞の縮刷版（昭和二十年）を持っているから、そういう〈発表〉のされ方はわかる。それが最初に公にされたのは、昭和二十年八月八日の新聞である。このころの新聞はうらおもて一枚であるから、一面に〈広島へ敵新型爆弾〉とさほど大きくもなくあるだけで、〈米政界に波瀾の兆《きざし》〉とか、〈英の古典外交は終焉《しゅうえん》　労働党にも積極策なし〉という文字が躍っている。〈勝札《かちふだ》　一等十万円〉などという広告もある。勝札とは、のちの宝くじだ。

原子爆弾という文字が出てくるのは、八月十一日になってからだ。

また、八月十一日に特報（号外）がはさまっていて、

〈新型爆弾への心得　防空総本部発表
横穴式防空壕が有効
初期防火・火傷に注意〉

とある。

さらにつづけて、新型爆弾対策がこうある。

〈一　落下傘ようのものが降下するから**目撃したら確実に待避**すること
二　鉄筋コンクリート造りの建物は安全度が高いからこれを有効に利用すること
しかし窓ガラスは破壊するからこれがための負傷を注意すること、壁、柱型、窓下、腰壁を待避所とすると有効である
三　破壊された建物から火を発するから**初期防火に注意**すること
四　傷害は爆風によるものと火傷であるがそのうちでも**火傷が多いから火傷の手当を心得ておくこと**、もっとも簡単な火傷の手当法は油類を塗るか塩水で湿布をするがよい
五　**横穴式防空壕**は堅固な待避壕と同様に有効である
六　白い衣類は火傷を防ぐために有効である（但し白い着衣は小型機の場合は目標となり易い、よく注意のこと）
七　待避壕の入口は出来るだけふさぐのがよろしい
八　**蛸壺式防空壕**は板一枚でも「ふたを」しておくと有効である〉

——八月十一日の号外だから、これがどういう爆弾だか、まだわかっていない。八月十二日の新聞に〈長崎にも新型爆弾〉と小さく出ているのを見ると、わが国の新型爆弾対策の呑気さにぞっとする。白い衣類については、着た方がいいのか悪いのか、判断に迷った、というのがぼくの場合だ。

そういうぼくは上越の中学校の一年生だ。

ということは、太平洋戦争が始まったときは、小学校（当時の呼び方でいえば国民学校）三年だったことになる。埼玉県に集団疎開をしたあと、新潟県に個人疎開をして、夏休みになった——これが敗戦のときである。

新型爆弾に驚いたが、本当に驚いたのはソ聯が八月八日に対日宣戦を布告したことだ。その事件が新聞に大きく報じられたのは八月十日である。新潟にいるとソ聯が近くに感じられるから、日満両軍が敵と目下交戦中というのはショックである。

翌日、つまり八月十一日の一面には、皇太子殿下（現在の天皇・ぼくより一つ年下）が集団疎開先で、どういう生活を送っているかが、写真入りで大きく出ている。皇太子殿下も一般の子供と同じ生活で苦労しているというPRだろうか。

くりかえすが、八月十二日の一面の下に、〈長崎にも新型爆弾〉という小さな記事がある。十四日にはふたたび〈原子爆弾〉という文字が出てきて、やがて、英国の「エコノミスト」では〈無政府状態にさらされた文明〉という批判をしたと伝えている。〈文明・人道への「逆手」〉という見出しだ。

敗戦の大きな記事は八月十五日の新聞にあり、〈新爆弾の惨害に大御心《おおみこころ》〉〈畏《かしこ》し、万世の為太平を開く〉という文字がおどっている。その上にさらに大きく、右から横書きで〈戦争終結の大詔渙発《かんぱつ》さる〉と太い文字がならんでいる。

この新聞をぼくは読んだ記憶がない。この日は町役場で重大な放送が流されるとのことで、父はそっちへ出かけた。ぼくが寝ていたのは盲腸で発熱していたためである。電波は山を越えてくるので、町役場の大きなラジオでないと、うまく聞きとれないと説明されていた。

町の病院には盲腸のクスリがないと宣告された。地主の家に転り込んでいたから、山で氷室《ひむろ》を掘ってくれた人々が運んできてくれた氷を氷のうに入れて、腹にのせ、熱をおさえた。

そのうちに、父が帰ってきて、はっきりとは言わなかったが、日本が戦争に負けたことを母に伝えていた。ぼくは高熱であとのことは忘れた。

ぼくの戦争はこうして終った。

学校が始まると、教師がなにか真相を話すとか、悪かったとあやまるとかするかと思ったが、なにもない。吉川英治のチャンバラ小説や「日米もし戦わば」といった本を学校に持っていって、盛大に燃やした。アメリカ兵の進駐が始まるので、そのまえに、世の中から消してしまおうという考えらしい。

アメリカ兵はまず宿舎を見にきた。上の方の人は市内の洋風建築の家に住んだ。高田城の中の日本兵がいなくなると、さっそくＧＩたちがそこに入った。英語がいっさい禁止だった街なかに、横文字が溢れた。交番には〈ポリス・ボックス〉という札が出た。

日本の女性はＧＩに強姦される、といわれていたが、そうした事件はなかった。ＧＩたちはジープで往来し、学校で映画をうつしてくれた。夏の終りに、日本語スーパーのない映画を二本立てで見せられたのは、さすがに参った。その一本はハンフリー・ボガート主演の「脱出」だった。

鉄道は米軍の列車に占領された。中でＧＩが飲み食いをしている、明るい光にあふれた列車がノンストップで駅を過ぎていった。

（'14・8・28）

狂気の戦場・ペリリュー島

今年の夏は太平洋戦争を描いたテレビ（ドキュメンタリ、ドラマ）が多かった。主として、NHKである。

ぼくは、

「**NHKスペシャル**　狂気の戦場　ペリリュー～〝忘れられた島〟の記録～」（八月十三日）を丹念に観た。

NHKのナレーションによれば、アメリカの海兵隊は三日でペリリュー島をおとすつもりだったそうである。

ぼくはこの島に二度行ったことがある。そのときの記憶では、米軍は早朝に島に上陸して、昼には海岸でシャンパンで上陸を祝おうと言っていたそうだ。

ペリリュー島を小説のモデルにするために、編集者に同行してもらったのだが、パラオ本島へ行くまでが大変だった。直行便がなく、グアム島で一泊して、早朝の便でパラオへ飛ぶのである。

一回目のときは、パラオには小さなホテルがあるだけだった。いわゆるパラオ松島を見わたす部屋で、大瀧詠一が家にとどけてくれた「イーチ・タイム」をききながら、うとうとしていた。

食事は、食堂といった程度のものだが、ラーメン、チャーハンのたぐいがうまい。高級品ではコウモリの料理があったと思うが、ぼくは手を出さなかった。

パラオの町なかはタクシー代りのジープで動きまわったと思う。

二回目のときは、東急が立派なホテルを建てていた。このころは、東急が日本から直行便を飛ばすという噂があったが、結局、新しい便はなく、グアム島経由だった。

新しいホテルには潜水用の小さなプールがあり、潜ろうとするならば、専門家が付いてくれたと思う。

レストランは立派で、テレビはなく、一日遅れの新聞がグアムから運ばれていた。もっとも立派といっても、魚のバタ焼きのようなものが主で、ここでもコウモリのスープがベストだったが、やはりぼくは遠慮した。パスタのようなものもあったと思う。

一九四四年九月に出た南方軍総司令官伯爵寺内寿一のパラオへの電報の一部には、こうある。

〈虜夷ハ遂ニフィリピンノ前門ニ来ル。驕慢正ニ撃ツベシ。唯憾《ウラ》ムラクハ徒《イタズ》ラニ貴集団ノ孤軍奮戦ニ俟《マ》ツノ已ムナキヲ惟《オモ》ウテ断腸極リナシ。〉

NHKのナレーションでは、大本営は、米軍の〈フィリピン→沖縄→本土〉の侵略をペリリュー島で止めてしまうつもりだったと語っていた。

大本営は、一九四四年二月、満洲にいた第十四師団に南方向けに装備と編成を改めさせることを命じた。三月五日、改編は完了した。

三月二十五日までに旅順、大連地区に集結し、ここで訓練を行った。師団の兵力はわずか一万三千五百五十三名であった。

日本軍はペリリュー島の地形を利用して、高地の斜面に無数の洞窟《どうくつ》陣地を作り、陣地の入口には四角の鉄の扉を取りつけていた。扉が瞬間的に開くと、中から砲身が出てきて火を吐く。

アメリカ兵は初めて〈要塞の島〉を発見して戦慄を覚えた。

ガダルカナル島やニューギニア島とは雲泥の差だ。

「おれたちは生きて米国の土を踏めるだろうか」

というのが米海兵の感想だった。

一方、夜になると、バンザイ突撃があった。アメリカ兵は戦車にスピーカーを付けて二世兵に放送させた。

――勇敢な日本軍の皆さん、夜間の斬り込みはやめて下さい。やめてくれたら、我々も艦砲射撃と飛行機の爆撃は即座に中止します。

この放送はくりかえされた。日本の守備隊は大いに喜んだ。

〈斬り込み〉というのは死との対決である。アメリカ側は各陣地に軍用犬をつないで斬り込みを防止しようとしたが無駄であった。

船坂弘氏の「血風ペリリュー島」によれば、米国が日本軍の斬り込みに対して、条件をつけたのはこの時だけであるという。

アメリカ側が撮ったフィルムによれば、〈三人の米兵が並んでいる。真中の一人は日本軍のバンザイ突撃によって狂っている。脇の二人は狂った兵隊をなんとかしようとしているが、手がつけられない〉という眺めだった。あとはナレーションだが、狂った兵隊は他の二人に殴り殺されたという。この画面にはゾッとした。これが戦争なのだ。

九月には米軍はコルセア二十機をかり出して、ナパームを充塡《じゅうてん》したタンクを各洞窟陣地の頭上に投下し、次に焼夷弾を投下して点火した。各陣地はまたたく間《ま》に焔に包まれ、炎々と燃え出した。

物量を誇るアメリカは禿山の焼きつきてしまうのを待たずに、五百キロ爆弾の雨を降らせた。

昭和十九年九月に始まったペリリュー島での戦いは十一月二十七日に終った。

ニミッツ元帥が、

「すでに制空制海権をとっていたわが軍が、死傷者あわせて一万人を超える犠牲者を出して、この島を占領したことは、今もって疑問である」

と戦史に記したのは、名将らしい冷静さである。

米軍の上陸用舟艇《しゅうてい》が日本兵をびっくりさせるのと引きかえに、とんでもない数の洞窟陣地がアメリカのベテラン兵士たちを驚かせた。中川州男《くにお》大佐が「サクラ　サクラ」という至急電報を発信したのは十一月二十四日。その後三日間、生存兵士は戦闘を続けた。

ＮＨＫによれば、大本営は〈玉砕〉を命じてはいなかったという。とにかく、敵のレイテ上陸を防ぐために、できるだけ長く引っぱれという、文字通り、非情な命令であった。

ボートをおり、ジャングルを抜けると、いたるところ、火炎放射のあとがあった。穴の中が真黒になり、日米両者の落書きがしてある。

先日、久米宏氏がラジオで〈終戦〉という言葉はやめて、〈敗戦〉に統一したら、と語っていた。

たとえペリリュー島一つでも観察してきたぼくは、くりかえし述べているように、この意見に賛成である。そして、敗戦の憂き目を見るということは、今の日本のようになるということなのだ。戦争にならぬように、うまく国を動かしていかねばなるまい。

（'14・9・4）

曽根監督の謎

今年は梅雨のころから八月の終りにかけて、映画監督や作家という人々が続けて亡くなった。あまりの暑さ、大雨、急な寒さのせいもあるだろう。

二十七日の早朝のニュースで米倉斉加年《まさかね》氏の死を知り、朝刊を開くと曽根中生《そねちゆうせい》氏（映画監督）の訃報が出ていた。

曽根さんはぼくがすれちがった人ともいえるが、一時はその死を伝えられていて、二〇一一年、突然、九州の映画祭に現れて、映画関係者を驚かせた。

その時の報告は「キネマ旬報」に出ていたが、ぼくはそのうち、どこかでお目にかかれるだろうと思っていた。呑気すぎるといわれれば、それまでだが。

曽根さんをぼくはロマン・ポルノの作家だとばかり思っていた。「わたしのSEX白書　絶頂度」あたりをピークとして観ているうちに、ATGで「不連続殺人事件」（一九七七年）にぶつかった。これは長い映画だったが、坂口安吾の原作が好きなので観に行ったのである。

大ヒットしたのは漫画の映画化「嗚呼!!花の応援団」三部作で、これは単純に面白かった。七六年、七七年の二年にわたる作品で、三作とも主役が変っている。

ぼく個人のことをいえば、「唐獅子株式会社」という、文庫本で一冊の小説を出していて、岡本喜八さんその他から映画化の申し込みが多かった。一人の監督にＯＫしても、そこから先が大変だった。

ぼくは脚本については笠原和夫さん以外を信用していなかった。ただ、「仁義なき戦い」四部作を終えたあとの笠原さんは「もうヤクザ物はいやだ」と、はっきり言っていた。

そこに東映のプロデューサーが現れて、自分に任せて欲しいと言い、笠原さんも含めて小さな店に集ることになった。脚本家、それから曽根さんも現れた。日活の「花の応援団」三部作がヒットしていたので、曽根さんに監督をたのんだのだろうと夕刊のコラムがからかっていた。

ぼくは監督がコロコロ変るので、もう面倒くさくなっていた。そう笠原さんにコボすと「投げちゃいけない」と止められた。映画は役者から口説くという手がある、というのである。

ぼくと関係のないところで、三つぐらいのラジオ局が「唐獅子株式会社」を三十分のドラマ番組に作っていた。その中のいずれも、重要な役を横山やすしが演じていた。

笠原さんにいわれた通り、ぼくは横山やすしに話をした。そのプロセスは文春文庫の「天才伝説　横山やすし」に記した通りである。

吉本には木村さんという鋭いマネージャーがいて、横山やすしは木村さんを尊敬していた。

最初のミーティングのとき、木村さんもいたように思う。

「脚本《ほん》を読んで、どうお考えですか」

と、プロデューサーは曽根監督に訊いた。

曽根さんは、やりたい、とも、やりたくないでもなく、

「ぼくは男くさい話が大好きです」

とだけ答えた。

小さな店を出ると、プロデューサーはズボンのポケットに手を入れて、ガニ股のような歩き方をし、

「これから、みんな、こういう歩き方をするんだな」

と言って、ガハハと笑った。

笠原さんとぼくは帰りが同方向である。

電車にのると、ぼくは、

「笠原さん、脚本に注文をつけるって約束だったじゃないですか」

不満そうに言った。ぼくは脚本について、言いたいことを言っていた。笠原さんが脚本に批判的なのは充分にわかっていた。

「いや、いざとなると、同業者に注文はつけられなくなるのですよ」

笠原さんは笑った。「仁義なき戦い」の大成功からかなりたっていたと思う。はるかのちに、氏は東映のヤクザ映画、しかも知り合いのプロデューサーのものにはからみたくなかったのだ、

とぼくに告白した。

驚いたことに、氏は書かないだけであって、きちんとした脚本を頭の中に作っていたのである。氏が亡くなる前に、そのことを知った。


気の毒だったのは曽根さんである。

ある日、氏から電話がかかってきて、

「いやー、あの脚本ではとりかかれませんな」

と、こぼされた。

とりあえず、わが家に来てもらい、では、どうしたらいいか、を話し合った。

脚本は昔のアメリカ映画「女はそれを我慢できない」にヒントを得ていたので、ぼくはその映画のビデオを氏に見せた。ビデオはアメリカでも日本でもまだ出ていず、友人がアメリカのテレビからダビングして、日本に送ってくれたものだった。

曽根さんは「イメージがはっきりしてきた」と言い、これでギャグが作り易くなると言った。

ぼくもぼくなりに、幾つかのギャグをならべた。十年以上まえにそういう仕事をしていたのである。映画が出来あがると、笠原さんが一つ入れたギャグだけが面白かった。

映画の初日には、ぼくも東映の本社に行った。

香港の「ドラゴン特攻隊」（ジャッキー・チェンが少し出る）と二本立て、というと、いかにもヒットしそうだが、そうもいくまい。

曽根さんとぼくは丸の内東映の前の喫茶店に入って、初日の客の数を数えた。そこで一通り、数え終ると、地下鉄で新宿へ行き、新宿東映でわれわれの映画と「ドラゴン特攻隊」を見た。

ぼくは撮影所ですでに一度見ていたが、その道の大親分になる丹波哲郎だけがとてもおかしかった。撮影所でぼくが挨拶すると、

「あんなところでよかったかね。しかし、みんな、おとなしいな、ワッハッハ」

高笑いをした。

曽根さんが「フライング　飛翔」（一九八八年）という映画を最後に、姿を消した噂は映画界にひろがった。業界人に訊くと「亡くなったよ」といううわからない返事だった。

そういう人が二〇一一年八月に突然、姿を見せたので映画研究誌の特集になった。「どこにいたのだ？」と誰しも思う。

さらに一転して、八月二十六日、肺炎のため死去、七十六歳——となった。ぼくは呆然としている。


（'14・9・11）

女優で観た映画だが？

前号に、曽根中生監督の訃報を書いた。

この監督が面白い映画を次々に作ったことや、偶然、小生の「唐獅子株式会社」を手がけたこと。その後、行方不明になり、誰もが氏の不幸を考えていたところ、二〇一一年に突然、姿を現した――という話である。

その原稿をわたして一日か二日たったとき、分厚い本が配達された。早速、あけてみたところ、「曽根中生自伝」（文遊社）という本で、オビには〈突然の失踪、発明家の現在までを明かす〉とある。だが、〈明かす〉といっても、氏はもうこの世にいないのである。

世の中にはいろいろなことがあり、ロビン・ウィリアムズが亡くなり、ローレン・バコールが亡くなったりする。曽根さんのことにしても、それを〈事件〉として覚えている人は、ごく少いだろう。それに、氏の自伝は、〈……水の中のセシウムを分離することが出来るのではないか〉という〈私の夢〉で終っている。

ＤＶＤが贈られてくることもある。

中平康監督（一九二六年〜一九七八年）は戦後日活の初期に活躍した人で、ぼくは大半の映画を観た、と記憶していた。

ところが、そうはいかない。一九六五年の作品で、原作・円地文子、主演・芦川いづみの「結婚相談」というＤＶＤが突然来たのだ。監督は、もちろん中平康である。

中平康は荻昌弘さんと東大でいっしょだった人だが、才気に満ちた作風で、傑作と迷作がある。

ＤＶＤを頂いたからといって、すぐに観るわけではない。しかし、これは早く観たい。なにしろ、主演が芦川いづみである。

彼女は一九三五年の生れで、松竹歌劇団出身である。まず松竹の川島雄三に認められたが、戦後の日活がスタートするとき、北原三枝と共にスカウトされ、市川崑の「青春怪談」で売り出された。

だいたい、純情な娘役が多かったが、川島雄三は「洲崎パラダイス　赤信号」、「幕末太陽傳」などの異色作で助演に起用した。日活は華やかな女優がいなかったので、北原三枝とともに〈日活の屋台骨を支える〉形となり、北原三枝が結婚したあとは、ひとりで日活の赤マークを支える女優になった。代表作は宍戸錠とアイ・ジョージのあいだにはさまれた昆布採りの娘（「硝子のジョニー　野獣のように見えて」）の哀切さだろう。

吉永小百合との共作・青春映画もあった。ぼくは羽田空港へ人を送りにゆき、日活の若手女優がかたまっている中で芦川いづみがとび抜けて光っているのを見かけて驚いたことがある。ただ、ぼくは青春映画を観ることはほとんどないので、彼女が一九六八年に日活を引退したことを知らなかった。最後のころの渡哲也の「大幹部　無頼」あたりでも演技はしっかりしていたが。

さて――。

この「結婚相談」という映画だが「ブラックシープ　映画監督『中平康』伝」（ワイズ出版）を書いた娘さんの中平まみさんだって観ていないのだ。その粗筋を書く必要があるかどうか？

（日活一九六五年十一月二十三日公開）

家族の面倒を見るうちに婚期を逸して三十歳になった島子（芦川いづみ）は、新聞広告で見つけた結婚相談所の門を叩いた。彼女には妹（山本陽子）と弟（中尾彬）がいて、文句の多い母親・時子は浦辺粂子《くめこ》である。

女所長・戸野辺力（沢村貞子）のすすめで、二人の男を紹介されるも見合いに失敗した島子は果樹園を経営する日高（松下達夫）に会うことにした。父親のような日高の慈愛にひかれた島子は、その夜、彼と一夜を共にした（！）。

数日後、日高に妻子があることを聞かされ、力から無断外泊を叱られて愕然とする。その後、力のオフィスに勤める朝子（笹森みち子）が結婚相談所の内情を暴露した。力は幾人かの用心棒をやとい、狂言見合い用の役者に仕立てて金を受けとっているのだった。島子は力に目をつけられたカモだった。事実を知った島子は力の言いなりにコールガールとして働くことに（！）。島子は東京駅で知人の高林（高橋昌也）に出会い、彼と恋仲になる。その後、誘われるまま浜名湖にきた島子は、高林が横領犯人であることを知り、絶望する。そんな島子に力は発狂した青年、鎌田秋宏の夜の相手を命じた。翌朝、鎌田夫人に五十万円相当の翡翠をもらった島子は自分の退職金と合せた金を高林に渡そうと彼のアパートに急いだが、高林は別の女と無理心中をしたあとだった。呆然とした島子はトラックにはねられ病院にかつぎ込まれた。やがて、力のオフィスは警察の手入れを受けた。

高林の思い出を抱いて浜名湖にきた島子を、友人の幹子（横山道代）の計らいで、かつての会社の上司で男やもめの薄田（高原駿雄）が待っていた。島子と薄田が砂丘にたたずむところで——終り。

ここまで書いて、ぼくは頭がおかしくなってきた。

〈「清純派」芦川いづみが、イメージを一新、女優生命を賭けて「女の性《さが》」に挑んだ渾身注目の文芸大作！〉

とＤＶＤのオビにある。

〈従来の芦川の女優イメージからするとあまりにも遠い役であり、公開当時ファンには衝撃をあたえ賛否両論の反響を巻き起こした本作だが……〉

と続くが、円地文子の原作にこういうものがあったか、と考えた。

そりゃ、芦川いづみは美しいが、このプロットはないだろう。

中平康は都会的ロマンスとスラップスティック喜劇を得意とした人といえるが、自分で〈日本のビリー・ワイルダー〉と称し、日活の路線が怪しくなってくると、作品もポルノ風になってきた。

六〇年代にフランス映画祭というのがあって、荻昌弘さんに中平さん（すでに香港のショウ・ブラザーズで監督をしていた）を紹介された。

中平さんは顔が長く、とても蒼ざめていた。「酒が過ぎるんだよ」と荻さんが言うと、中平さんは高級車のキイらしきものを宙に投げて、右手で受け、「これからだよ」と言って去って行った。

（'14・9・18）

英国の喜劇は面白い！

日本人にとって不幸なのは、戦後、英国の喜劇映画があまり輸入されなかったことだったと思う。

アメリカの占領下では、アメリカ人が好む喜劇が公開されていた。例えば、凸凹《デコボコ》という名で公開されたアボット&コステロの喜劇である。

この二人の映画が消えると、ディーン・マーティンとジェリー・ルイスのいわゆる〈底抜けコンビ〉である。この辺を観ている人ももう少いだろう。

おそらく、ジャック・レモンとウォルター・マッソーのコンビ映画がもっとも覚えられているだろう。「おかしな二人」を代表作として、喜劇といえばこの二人をさすようになった。

ジャック・レモンは若くして名をなしたコメディアンで、ウォルター・マッソーもひとりでも面白い人である。この二人が組めば、とにかく笑わせるに決っている。さらに監督としてビリー・ワイルダーが入れば、面白さは間違いない。

この二人が亡くなってから、テレビ出身のタレントの喜劇が作られているが、日本ではビデオでしか観られない。また観る必要もないと思う。

イギリスには五〇年代に〈イーリング・コメディ〉があった。奇想天外なアイデアが売りものので、それを上手な役者が演じた。半裸の男が大きな銅鑼《どら》を鳴らすのがイーリング社の商標で、銅鑼がバラバラになるギャグもあった。

イーリング・コメディというのは、ほとんど日本に入っていない。中でも、一九五一年の「ラベンダー・ヒル・モブ」が有名で、T・E・B・クラークのオリジナル脚本は五二年度のアカデミー脚本賞を得ている。

先日、DVD屋で千五百円で売っていたので買ってきて観たが、脚本はもちろんのこと、主役のアレック・ギネスが面白い。この演技もアカデミー賞にノミネートされたというが、のちに、「戦場にかける橋」、「アラビアのロレンス」、「スター・ウォーズ」などで、人気スターにして、名優の座を得た。

「ラベンダー・ヒル・モブ」はタイトルで「ラベンダーヒルの一味」と訳されているが、中心になるのがアレック・ギネスで、山高帽をかぶった堅い英国紳士だが、実はとんでもない男を快演している。

彼が南米のレストランでゆっくり休んでいるところから始まる。飲み物を運んできてチップを受けとる娘が、なんとオードリー・ヘプバーン。「ローマの休日」で売り出す前だが、やはり光ったものがある。アレック・ギネスが語り出したのは一年まえの話――。

彼はロンドンの金の製錬所から銀行に金塊を運ぶ仕事をしていた。実直で知られた男で、会社では給料をあげてやろうとささやかれている。

友人のペンドルブリー（「マイ・フェア・レディ」の父親役のスタンリー・ホロウェイ）が鉛の土産物を作っているのを見て、彼は考える。スタンリー・ホロウェイはエッフェル塔の置き物を作っているのだが、これを利用できないか。

イギリス国内では金《きん》を売ることができない。そこで、アレック・ギネスは金塊でエッフェル塔の土産物を作って、パリで売るという作戦を考える。エッフェル塔には金製とオモチャの二種があって、別々な箱につめて、フランスで売ることに二人で決める。

二人はフランスに旅行して、土産物の様子を見る。ところが、金製の入った箱が売り場に置いてある。箱に印がつけてあるのだが、金のエッフェル塔の入った箱がエッフェル塔の土産物売り場にきていて、イギリスの女子学生が買っているのだ。

二人は飛び上る。売り場の女性にきいてみると、六つは売れたという。そのままにしておくと、金製の六つはイギリスに戻ってしまう。アレック・ギネスは六つのうち、五つを十シリングで買い戻す。あと一つは、イギリスに戻ってゆく。

二人がエッフェル塔からおりる場面のスピード表現が面白く、高所恐怖症のぼくは目がクラクラした。

こうして、二人はロンドンの女学校にかけつけるが、意地になった女の子は残りの一つを手離さない。それどころか、一つは警察の展示会に運ばれてしまう。

この映画のクライマックスは、その一つを取り戻した二人組が車で逃げるのを、複数のパトカーが追いかける混乱ぶりにある。アメリカの批評家が〈madcap chase climax〉と表現している混乱で、これはチャールズ・クライトン（「ワンダとダイヤと優しい奴ら」で有名）の演出の手柄だろう。なるほど、イーリング・コメディとはこれかと乗り出して、オチで思わず、ひざを叩いた。

一九五一年といえば、アメリカではマーロン・ブランドが出てきたころで、イギリスではこういう面で、はるかに進んでいたのだ、とわかる。そのうち、イーリング・コメディのＤＶＤをまた見かけたら買ってみよう。


一九六一年というと十年後だが、ケン・アナキン監督の「謎の要人悠々逃亡！」という英国物が面白かった。

ジェームズ・ロバートソン・ジャスティスという役者（苦い顔の肥った人物）が科学者に扮し、飛行機から落ちて木にひっかかるのが発端である。

彼は敵の収容所に閉じこめられ、いわゆる脱走物になるのだが、原題が〈重要人物〉というだけあって、いかにもイギリスの〈要人〉らしいこの男は、脱走なんてとんでもない、ワシは正門から堂々と出ていってやる、と自己流を貫き通す。

その方法を書いてしまうとつまらないのだが、とにかく、〈正門から堂々と出てゆく〉ことは果す。

当時、アメリカでは「第十七捕虜収容所」や「大脱走」があり、イギリスでは、テレビで観たのだが、「木馬」というのがあった。

「謎の要人悠々逃亡！」は収容所ものの喜劇版で、ケン・アナキンの演出も良かったと思う。

ぼくはイギリスの喜劇は封切られると片っぱしから観ていたが、どれもアメリカ製よりもひねりがきいていた。

そのわりに封切られなかったのは、役者が日本で知られていない人が多かったからではないか。イーリング・コメディに限らないが、英国の往年の喜劇を観たいと思う。

（'14・9・25）

夏の終りと「17歳」

長い小説を書き終えたら、どっと疲れが出た。一年以上かかったから、仕方がない。

ご存じのように陽気が悪い。そのせいか、人が亡くなる。友人の死の報もこたえたが、山口淑子の死（九十四歳）にも参った。四十、五十の人などは「山口淑子ってなんだ？」とラジオで言っていたが、ぼくは多少知っているので、あーらら、という嘆声をひそかに発した。

故色川武大氏が、

「いっしょに麻雀をやっていて、山口淑子だと思うとなんでもないが、李香蘭だと思うと、手がふるえる」

と笑っていた。それほどの人気者だったのだ。

日劇のまわりをファンの列が七まわり半して、警察が消火用のホースでファンを追い払ったという表現はよく使われるが、これは一九四一年二月十一日の「歌ふ李香蘭」の実演の日で、

〈本日興行中止〉の札が出された。戦後はこんな騒ぎはない。

ぼくは戦前の彼女の映画を知らないが、一九四〇年の「孫悟空」（東宝）での特別出演だけは観ている。

李香蘭が山口淑子になった戦後、一九四七年四月に帝劇でミュージカル「ケンタッキー・ホーム」にフォスターの妻ジェーンの役で出たとき、初めて彼女を観た。髪を金髪にしていたと思う。

映画は森雅之とのキス・シーンで有名な「わが生涯のかゞやける日」、三船敏郎との「醜聞《スキャンダル》」、池部良との「暁の脱走」、サミュエル・フラー監督の「東京暗黒街　竹の家」、引退記念映画「東京の休日」を観ている。ほかにキング・ヴィダー監督の「東は東」とブロードウェイでの公演「シャングリラ」があるのだから、派手な仕事をしてきた人だと溜息が出る。「シャングリラ」は玄人には好評だったが、声が小さくて台詞が聞きとりにくかったという。舞台の芝居に慣れていなかったからだろう。

それにしても、すさまじい一生を送って、九十四まで生きたのには迫力を感じる。

映画をほとんど観ずに、今年は生きてきた。あえて一本といったら、イーストウッド監督の「ジャージー・ボーイズ」だろうか。これはすばらしい。泣かせる。ミュージカルだからといって近づかないと損をする。〈人生を描くミュージカル〉というべきだろう。

小説のために、観たい映画を観のがしてしまった。

DVDショップへ行き、観のがした分を買ってくる。大半はブルーレイだ。ヨーロッパの青春ものを観たくて、うずうずしていたので、フランソワ・オゾン監督の「17歳」をまず観た。「スイミング・プール」の監督だから、間違いないと目をつけた。

「17歳」では、主演のイザベルを演じるマリーヌ・ヴァクトがまず美しい。〈この作品はマリーヌの輝き抜きには語れない。彼女はとてもスクリーン映えし、セクシーだ〉という「ヴァラエティ」誌の批評は当っている。

彼女は二十三歳。やせて、モデルをしていた人で、この映画が三作目だ。いかにもフランス美人風の顔にソバカスが散っているのも良い。

この映画は、夏・秋・冬・春の四部から成り立っている。イザベルは夏のヴァカンス期間に初体験を終えた少女として登場する。

中流家庭と思われるが、パリの名門高校に通いながら、放課後、多くの男たちと密会を重ねてゆく。

母親は夫と別れて、別な男とセックスをしている。イザベルにとっては義父にあたるわけで、彼女は家にいたたまれない。実父と別れているせいか、イザベルは初老に近い男との行為が多い。フランソワ・オゾン監督はそれらを美的に撮ってゆく。

彼女は金を要求するので、これは売春であるが、当人は快楽のためでも金のためでもないと語っている。ある日、なじみの初老の紳士が行為の最中に急死する。あわてたイザベルは応急手当をするが、もう手おくれ。やがて警察が彼女の住居をつきとめてくるが、快楽のためでも金のためでもないと告白されて、当惑する。イザベルは何も考えていなかったのか?

初老の男の夫人がたずねてくる。これがシャーロット・ランプリングで、「愛の嵐」や大島渚の「マックス、モン・アムール」で有名な女優である。役名はアリス。

彼女はベッドに横たわり、イザベルに自分の脇に寝るように言う。イザベルが目をさましたとき、アリスは見えなくなっているという静けさだ。

イザベルが罪の意識から解放されるのを暗示して映画は終る。彼女の裏面が娼婦だったということを示すわけでもない。死んだ男はバイアグラを飲んでいたから、白髪の老夫人はイザベルに同情したとも見られる。いずれにせよ、マリーヌ・ヴァクトの美しさに観客は吸い込まれて終る。

カラーがきれいな映画である。「スイミング・プール」も美しかったが、この映画ではフランスの四季、木の葉が散る道が抑えた画調でとらえられ、みごとというほかない。

ぼくはフランスの青春映画が好きで、はるか昔のブルターニュ海岸での夏を描いた「青い麦」(クロード・オータン=ララ監督)や、マリー・ラフォレが出た「赤と青のブルース」など、いまでもなつかしく思い出すことがある。

「17歳」は現代風なところも多いが、マリーヌ・ヴァクトの美しさでいっきに観た。夏、ヴァカンス、魅力的な娘たち、ときたら、フランス映画に限る。

とはいえ、日本映画界も若手女優の人材が次々と出てくる。

去年の「麦子さんと」は堀北真希の代表作といっていいだろう。佳作「純喫茶磯辺」の吉田恵輔の演出で、亡母の故郷を訪ねた娘が母親の過去を知ることで成長してゆくドラマ。これはヒロインと母親（余貴美子）の話が良かったが、やがて母親の過去を堀北が演じるので、封切の時には、大流行したテレビドラマに似て見えて損をした。

堀北の映画はすべて観たと思うが、これは忙しい人も観た方がいい。（DVD、BDともにあり。）


（'14・10・2）

のびる少女と死者たち

「あまちゃん」の放送（NHK）が終って、一年になる。

これについては、文藝春秋が『あまちゃん』はなぜ面白かったか？」というエッセイ集を五月に出しているのだが、今でもラジオやテレビで「あまちゃん」のテーマ曲がかかる。

ぼくはこの番組関係の音楽CD、ドラマのすべてが入っているDVDボックスを買っているのだが、なかなか観られない。

先日、珍しく天気の良い日があったので、新宿で「ホットロード」という映画を観た。「あまちゃん」の能年玲奈が出ている松竹映画で、一九八〇年代が舞台の漫画が原作（紡木《つむぎ》たく）である。主題歌が尾崎豊だから時代がハッキリしている。単純にいえば、能年玲奈を見るための映画といってもいいだろう。

校内暴力やいじめを描いた作品では、ぼくの友人の故那須博之が「ビー・バップ・ハイスクール」（一九八五年）という東映映画を作っていて、大変ヒットした。

那須監督は香港映画を非常に早く観ていたりする人で、ぼくにいろいろ質問した。ぼくは「あなたの映画で車がトンネルの中をこすって火花が散ったりするのは、あれは自然なのですか」とたずねた。

「いや、あれは仕掛をするんですよ」

那須監督は笑って、そのやり方を説明してくれた。

「ビー・バップ・ハイスクール」はテーマ曲も良かったが、仲村トオルの不良役に人気があり、中山美穂もがんばっていた。途中でオリたので、三本目から中山は出ていない。

「ビー・バップ・ハイスクール」も漫画だが、男ものである。一方、「ホットロード」は女もので、能年玲奈は不良として出てくる。オデコを男にぶつけたり、喧嘩も辞さないという子で、声がデカい。初めて顔がアップになった時には、なんだかブキミで、「あまちゃん」のヒロインとは全くちがっていた。

彼女は父親が亡くなっていて、父親に特になつかしさを抱いている。母親は高校時代の友人と親しくなっていて、結婚かどうかというところまでいっており、彼女はもうどうでもよくなっているという設定だ。表情は「あまちゃん」の時と似ている部分があるが、わりにハードな女の子で、教師をどなりつけたりする。

これが中学生というのは無理があるのだが、男の子（登坂広臣）に惹かれてゆくプロセスは悪くない。ただ、バイクの男の子たちがいかにも松竹らしく、登坂が元気になって、ヒロインと手をつないで歩くラストなど、いかにも松竹映画だ。

江の島や波がインサートされるためにダレる部分が多く、二時間はなんとも長い。能年玲奈で引っぱられてしまう映画（それも松竹の）というべきだろう。

ローレン・バコールが八月十二日に自宅（ダコタハウス）で脳卒中で急逝したことは、日本の雑誌にもくわしく出るようになった。

彼女については、文藝春秋から出た自伝「私一人」、「いまの私」の二冊がくわしく、正直な物言いをしている。一九二四年生れだから、八十九歳で亡くなったことになる。

ニューヨークの生れで、ファッション・モデルをしていた。「ハーパース・バザー」にのった写真にハワード・ホークス夫人が目をつけ、ハワード・ホークスは翌年の「脱出」（一九四四年）で映画デビューさせた。

やせたスタイル、ハスキー・ヴォイス、独特の上目づかいが印象的だった。アメリカ軍の上陸のおかげで、ぼくは彼女の独特な表情を戦後、初めて観た。一九四四年の映画を一九四五年に観られたのは、当時としては非常に早い。

ハンフリー・ボガートとの共演は非常にうまくいって、一九四五年にはボガートと結婚している。飛行機のタラップでは、バコールの方がボガートより一段高く見えた。

以後、「三つ数えろ」、「潜行者」、「キー・ラーゴ」と、ボガートとの共演が三本つづいた。

一九四〇年代のハードボイルドのスター女優であり、五〇年代には「百万長者と結婚する方法」、「バラの肌着」などでロマンティック・コメディに新生面をひらいた。

もともと舞台に興味を持っていたので、七〇年の「アプローズ」(「イヴの総て」の舞台化)のヒロイン役で、トニー賞最優秀女優賞に輝いた。

さらに八一年には「ウーマン・オブ・ジ・イヤー」(「女性No.1」の舞台化)のヒロインで大成功した。この舞台はたまたまニューヨークにいたので、妻と観ている。このときのバコールもクールで良かったが、ボガートは五七年一月に食道ガンで亡くなっているとつけ加えねばなるまい。


コメディアンであると共に内省的な演技派のロビン・ウィリアムズは八月十一日に自宅で急逝。享年六十三で、まだ若い。

自分よりしゃべる人間に会ったことがないという久米宏氏は、「ニューステーション」にロビン・ウィリアムズが出た時は、口が開けなかったという。

彼の数多い作品を、ぼくはあまり観ていない。

「ガープの世界」、秀作「ハドソン河のモスコー」、「グッドモーニング、ベトナム」、「いまを生きる」、「レナードの朝」、「フィッシャー・キング」、「アラジン」、「地球は女で回ってる」などが主なところだろうか。

驚いたのは「アラジン」で、さまざまな有名人に変化する。エド・サリヴァンとか。これは声を先にとって、あとから絵をつけたのだとか。

ぼくの好きな作品は、ニューヨークで脱走したロシアのサーカス芸人の孤独を描いた「ハドソン河のモスコー」とか、テリー・ギリアム監督の「フィッシャー・キング」でグルーチョ・マルクスの歌をうたうシーンとか、いずれも淋しいものだ。「アラジン」のような派手な芸よりも、ひたすら淋しくなる人物を演じた映画の方が心に残る。スタンダップ・コミック芸人と言いきれない部分がどうしても大きく出てくるのだ。

他人を笑わせても仕方がないじゃないか、といつも、ひそかにぼくは思っている。とくにロビン・ウィリアムズの場合はそうだ。

（'14・10・9）

ジェームズ・キャグニー映画の楽しみ

二〇一四年十月一日（水）

朝からラジオは東海道新幹線五十年記念番組だ。

テレビをつけると、御嶽山《おんたけ》の噴火による登山者救助の打ち切りを報じた上で、新幹線五十年報道一色となっている。

五十年前に新幹線で関西へ逃げたことを思い出す。東京オリンピックの騒音から離れるためだ。

当時は新幹線のチケットの入手も楽ではなかった。NHKの友人にたのんで入手し、帰りのチケットもお願いした。

長女は一人で立つことをおぼえた頃で、熱いものにさわらせぬように注意している。（以下、私記より引用）

一九六四年十月七日（水）
私の風邪、三週間。これで関西へ行かれるものか。
晴れると体調良くなるが、いつまでつづくやら。
夜、長女を妻の実家にあずけるために外に出る。タクシーがつかまらない。ことわられるのみ。運転手のめしの時間、オリンピック関係の車、突然の雨——と悪い条件が重なった。

一九六四年十月九日（金）
オリンピックの前日。五時、東京駅発。八時三十四分京都着。
河原町の「スエヒロ」で生ガキ、ステーキ。少し歩いてニシンソバ。十時半、「洛風荘」着。
夜中の三時まで妻と話す。
○後日、大阪できいたおかしい話。
1．平参平《たいらさんぺい》を見たC調な広告会社社員、「千田是也はやっぱりいいですなあ！」
2．漫画トリオのノックはフック、パンチとばらされて、「てなもんや三度笠」で使われ、「これで、私たちも新開地が開けました！」
（以下、省略）

一九六四年十月十八日（日）

帰京。

東京オリンピックは別にして、ソ連の宇宙船の打ちあげ、英国の労働党の勝利、フルシチョフの解任、中共の原爆実験成功——と、大事件がここ数日でおこっている。

「フルシチョフはオリンピックでのソ連不振の責任をとった」というジョークもある。

長女のオマル（象の）を業者にたのむ。犬のオマルだと、道を歩いていて、犬がくると彼女は条件反射でオシッコをする由。象なら、まあ、めったに近くにこないだろうという考えからだ。

北杜夫さんから短い拙作につき、「羨しく、感服しました」という葉書をいただく。芥川賞、毎日出版文化賞の作家から、こう言われると嬉しい。

＊　＊

五十年前の日記はやめよう。そもそも、今回はジェームズ・キャグニー（一八九九年〜一九八六年）について書くつもりだった。

ぼくが好きなハリウッド・スターは、ケイリー・グラントとジェームズ・キャグニーだからだ。

キャグニーは〈ソング・アンド・ダンスマン〉で、ケイリー・グラントと同じくらい身が軽く、ヴォードヴィリアンであった。（それでは、クリント・イーストウッドはどうかというと、右の二人よりシリアスで、監督ができるのがちがう。イーストウッドはWB社の先輩キャグニーが好きで、「白熱」を高く買っている。）

キャグニーというと、ギャング役を想像する人が多いと思うが、ダンスも天才的だった。「フットライト・パレード」、「ヤンキー・ドゥードゥル・ダンディ」を観れば、それがわかるが、ボブ・ホープの「エディ・フォイ物語」での、ピアノの上でボブ・ホープと踊るシーンを観ただけでびっくりするはずだ。「ヤンキー・ドゥードゥル・ダンディ」の主役では、タップダンスでアカデミー賞主演男優賞を得ている。

キャグニーはこの方面で天才だったのだが、WBはキャグニーにギャング役をあたえつづけ、それがキャグニーをマネー・メーキング・スターにした。「汚れた顔の天使」のあと、一九四一年に全米第二位の高額所得者になったキャグニーは、弟とプロダクションを設立した。代表作「ヤンキー・ドゥードゥル・ダンディ」が成功したのはこのあとで、「白熱」、「明日に別れの接吻を」のようなギャング映画、「ミスタア・ロバーツ」、「ワン・ツー・スリー」のような喜劇はこのあとで作られている。

ぼくは大学生のころ、「明日に別れの接吻を」を観て、すさまじいギャングぶりに呆れたが、その後、上映されることがなかった。たまたま原作が文庫版に訳されたのを読み直し、もう一度観たいと思ったが、今夏になってジュネス企画からDVDが出た。

観直すと、昔（一九五四年）観たときよりも面白かった。

原作はホレス・マッコイ。

キャグニーはまず脱獄をはかる。その時、足手まといになった男を射殺して、男の妹の家に匿《かくま》われる。仲間二人と共に警官に追われるが、警官（ウォード・ボンド）も悪く、ギャングから金を巻き上げている。キャグニーは警官をおどかして味方につける。弁護士に会いにゆき、そこで出会った娘と仲良くなるが、その清純そうな娘は街のトップボスの子供だった。

良い人間は一人も出ない。キャグニーは次々に敵を殺していき、ラストは……という形になる。このシーンが面白くて、覚えていたのだ。

晩年のキャグニーはビリー・ワイルダーの「ワン・ツー・スリー」に出たあと、牧場で暮した。

「ゴッドファーザー」でマーロン・ブランドが演じた大ボス役はキャグニーのところにきたのだが、キャグニーは丁寧に断った。牧場暮しの方が好ましいというのだ。

一九八一年に「ラグタイム」という映画に出て、八六年に亡くなった。八十六歳の生涯だった。

「明日に別れの接吻を」は正確には一九五〇年の映画だが、キャグニーの動きは初期の「民衆の敵」（三一年）のころと変らず、テキパキしている。

ギャング、喜劇、ダンス映画と、彼の主な作品は、ジュネス企画のＤＶＤで手に入る。

（'14・10・16）

井原さんの最後の挨拶

日本のテレビ史の開拓者、井原高忠さんがアメリカ・ジョージアの病院で亡くなった（八十五歳）。九月十四日未明（現地時間）で、心臓の病気で入院中だったとのことである。

ニュースを聞いたあと、ぼくは呆然としていた。

井原さんは「光子の窓」で名を知られ、「あなたとよしえ」、「夜をあなたに」、「九ちゃん！」、「11PM」、「巨泉×前武ゲバゲバ90分！」などの番組は知る人ぞ知る日本テレビの名物だった。

大ざっぱにいえば、一九五三年、日本テレビ開局のときは、もう局にいた人だ。

一九七八年、日本テレビ第一制作局長に就任。一九八〇年、日本テレビ放送網を依願退職した。ずいぶん、会社が引き止めたが、井原さんは五十一歳の誕生日の前日に五十歳で社をやめ、八月に井原高忠事務所を設立している。

それからあと、ホノルルで夫人と暮し、ハワイの俗化がいやになって、アメリカ南部ジョージアに隠居所を建てて隠遁生活を送っていた。

もちろん、ボンヤリ生きていては、こういう生活はできないが、井原さんはかなり早くにホノルルのアパートを買っている。

そういうことは「元祖テレビ屋大奮戦！」（文藝春秋）、「元祖テレビ屋ゲバゲバ哲学」（愛育社）といった自伝にくわしいから、興味のある方はこれを読めば良い。また、いま、本が残っているかどうか知らないが、ぼくの「テレビの黄金時代」（文藝春秋）も、ぼくが観察した範囲内での井原高忠像を記している。

重要なのは、井原さんがふつうの日本人とは発想がまったくちがうということだ。

自伝によれば、井原さんの父親は三井家の人だった。次男だった父君は井原姓を名乗り、モダンな母親と七つ上の姉とともに暮し、正月には母親といっしょに宮城へお祝いに行った。母親は亡き皇太后と学習院で同級だったのだ。つまりは、戦前のハイ・ソサエティの生活を知っていた。

戦争が終る前の日までは、彼は神風特攻隊でアメリカの航空母艦に体当りすることを考えていた。

敗戦後、教育制度改革のために、大量の学生が学習院を追われた。井原さんが始めたのは、進駐軍相手のカントリーバンド、チャックワゴン・ボーイズ。ロンドン育ちの黒田美治《びじ》の名前もあったが、黒田が抜けて、井原さんはワゴン・マスターズを結成する。ワゴン・マスターズには堀威夫《たけお》（ホリプロ最高顧問）、小坂一也といった名前も加わった。

一九五〇年四月にはNHKラジオに出て、八月封切の灰田勝彦の新東宝映画「君と行くアメリカ航路」にも出ている。

いつまでもバンドでもないと考えて、慶応大学に入った。昼間は学校、夜はベーシストの生活。

一九五四年には日本テレビにコネで入社。あちこちに親類がいたから、朝日新聞にも日本テレビにも無試験で入れた。

「運がいいのが洋服着て歩いているとしか考えられないでしょ」と言う。

日本テレビの初任給は一万三千円。大卒が七千円の時代である。

小さな雑誌の編集者だったぼくは、たまたま知り合った井原さんに一年間の連載の原稿をたのんでいる。

「ショウほど素敵な商売はない」という文章で、今では愛育社版の自伝におさめられている。井原さんの基本理念はその文章の中にくわしいから、ぜひ読んで頂きたい。一九六二年の一月号から十二月号にかけてのものである。

それきり、井原さんに会うことはなかった。面白そうだが、コワそうな人でもあったからだ。

再びかかわりができたのは一九六五年（昭和四十年）の九月末、電話がかかってきて、「井原でございます」と礼儀正しい声がした。

ぼくはテレビとは関係がなかったが、朝日新聞にテレビの短評を書いていた気もする。井原さんの言葉は意外なもので、坂本九を中心にした番組を作るのを手伝って欲しいというのだった。

そのころ、ぼくがテレビでノートをとっていたのは、東京12チャンネルの「ダニー・ケイ・ショー」だけであったが、井原さんもこれに触発されて、大衆性のある番組を作ろうと考えたのは自伝の中にある。

ぼくはかなりためらった。井原さんなら良い番組になるにちがいないが、コワい、という単純な気持である。これはぼくだけの思いではないと思う。それに、ぼくはちゃんとした〈テレビの仕事〉をしたことがなかったので、無能ぶりがばれるのではないか。

そのとき、作者は日活の若手ライターの山崎忠昭さんしか決っていなかった。その夜、ぼくは井原、山崎の両氏と赤坂のヒルトンホテル（現・ザ・キャピトルホテル東急）で会った。ちなみに、ビートルズがこのホテルに泊るのは一年後である。

ぼくはこの仕事を三年半手伝った。局側の大番頭としては仁科俊介さんがいて、途中から「シャボン玉ホリデー」の斎藤太朗《たかお》さんが加わった。作者側は山崎さんとぼく。ぼくは井上ひさしさんを推して入れ、さらに「シャボン玉ホリデー」の中心だった河野洋さんが加わり、城悠輔《ゆうすけ》さんもいた。これらの軍団が一九六九年秋から「巨泉×前武ゲバゲバ90分！」になだれ込む。

ぼくは「ゲバゲバ90分！」のタイトルを決めたあたりでおろして貰った。小説とは両立しないからである。しかし、真のヴァラエティ番組の作り方を教えてもらったのは、いろいろな意味でプラスになった。

仕事から離れても、井原さんとは会うことがあった。ハワイのお宅にも行っているが、会社をやめた井原さんはぼくと話をしたかったのだと思う。

それは、たとえば、「アステアとジーン・ケリーでは、タップのものがちがう」といった話が一致することに始まり、世のあらゆるものを批判することだ。ハワイやジョージアに移ってからも、井原さんは東京にくると、一度はぼくと食事をした。クリスマス・カードと年賀状は必ずくれた。

今年の五月にきた手紙には、「もうとても、長旅は無理なので、上京することはなかろうと思います」とあった。この手紙が、井原さんの最後の挨拶だった。

（'14・10・23）

もう一本の「クワイ河マーチ」

一九五七年に「戦場にかける橋」という名画があった。今でも、DVDその他で観られるだろう。監督はデヴィッド・リーン。

第二次大戦中に、タイ↓ビルマ戦線で、日本軍がおこなった鉄道建設の実話から、フランスのピエール・ブールが創作したもので、主題曲の「クワイ河マーチ」が世界中に広がった。

豪英合作映画「レイルウェイ　運命の旅路」（二〇一三年）はこの実話（英国人による）をもとに創作したものだ。話の根本は似ているが、先に「戦場にかける橋」を説明しておくべきだろう。

一九四三年、物語はビルマ国境に近いタイのジャングルの中の日本軍捕虜収容所でおこる。タイとビルマを結ぶ泰緬《たいめん》鉄道完成のため、国境のクワイ河に橋を建設するのが斎藤大佐（早川雪洲）の任務だった。大佐は紳士的な軍人だが、捕虜の英軍士官ニコルソン大佐（アレック・ギネス）に労働につくように命じる。将校の労働はジュネーヴ協定違反なので、ニコルソンは反対し、まわりの英国兵は脱走をすすめるが、ニコルソンはそれは騎士道に反すると突っぱね、営倉に入れられ、そこでの生活を続ける。

捕虜の一人、アメリカ人の水兵シアーズ（ウィリアム・ホールデン）は脱走に成功する。橋の建設は進まないが、斎藤がニコルソンを釈放し、工事への協力をたのんでから、一転して、進むようになる。ニコルソンや捕虜たちは利敵行為の〝建設〟に〈仕事の喜び〉を感じるようになる。

処女列車通過の日、シアーズは橋の爆破にきて、ニコルソンと格闘するが、英国空挺隊の迫撃砲がニコルソンの傍らに落ち、ニコルソンの体がダイナマイトの発火装置を押してしまい、敵も味方も、一瞬にして吹っ飛ぶ。

——といった戦争の虚しさを描いた映画で、ラストの迫力といったらなかった。日、英、米、すべて吹っ飛んでしまう、やりきれないが、すっきりした終り方であった。

さて、「レイルウェイ」である。

初老の男エリック（コリン・ファース）は鉄道好きな男で、国内を旅して歩いている。〈レイルウェイ・マン〉という原題はそこからきたのだろう。

彼は古そうな列車で旅をするうちに、美しいパトリシア（ニコール・キッドマン）に会い、お互いに惹かれる。ニコール・キッドマンは四十過ぎても色白で、陰気な男が心を許すのがわかる。エリックは退役軍人のクラブに出て、紅茶を飲む程度の心を閉ざした人間で、第二次大戦中の心の傷に今もさいなまれている。

退役軍人会の仲間のフィンレイ（ステラン・スカルスガルド）に会い、パトリシアはエリックについての悩みを打ちあける。フィンレイも心に傷を抱えており、エリックとパトリシアの結婚を喜んでいる。

そうした中で、フィンレイは戦時中、日本の憲兵隊の一員だった永瀬がまだ生きており、あの橋の近くに博物館を作り、案内人として生活しているのを知り、エリックに告げる。

ここから、エリックとパトリシアの生活の中に、かつてのエリックの屈辱にまみれた日常が入ってくる。

エリックたちのいた場所はクワイ河のすぐそばで、「戦場にかける橋」と同じといって良いだろう。

「あまりにも辛すぎることを経験した人間は事件についてしゃべれなくなる」

と呟いたフィンレイは、ある日、自殺してしまう。長い時間がたったとはいえ、永瀬に復讐することをあきらめたのだろうか。

エリックは捕虜時代、ラジオを作るのなど、お手のものだった。BBC放送をきいて、エリックはヒトラーの敗走や日本軍がビルマで動けなくなるのを知っていた。もちろん、日本軍に知られれば、ひどい目に遭わされるのだが。

エリックは口に出来ないような目に遭わされている。そういうときでも、若い永瀬は暴行を絶対止めなかった。当時の永瀬は丸顔の少年兵だったと言っていい。

エリックと妻の間は冷えてきている。エリックは現在の永瀬（真田広之）の写真をくりかえし眺め、やがて、妻に見送られ、刃物を持って旅に出る。

行く先はクワイ河のそば。〈憲兵隊戦争博物館〉である。エリックは博物館のベルを押す。出てきた永瀬はエリックを想い出せない。エリックは竹製のカゴに永瀬を閉じこめる。永瀬は動きがとれない。エリックは、この時、自分に加えられた拷問をありありと思い浮べる――というより、観客にはどういう拷問かがはっきりわかる。ホースを通してくる水を無限に飲ませるもので、途中で口の上に布を置いたりして、しつこいことこの上ない。

エリックは憎しみからくる暴行が、どれほどひどいものかに思い当る。永瀬は飲み物なしでカゴに入ったまま、熱い太陽の下に放置されているのだ。

翌日、エリックがカゴから出してやると、永瀬は平身低頭したまま地面から動けない。エリックは刃物を使わずに終る。

やがて、永瀬からは詫びの手紙がくる。

「戦場にかける橋」にくらべると、スケールが小さいし、安上りで、〈ヒューマニスティックな〉物語である。

良いのは英国の海岸の景色の美しさの描写、とまずいえるだろう。このごろはフランスの青春映画でも、自然が息がとまるほど美しい。

それから、列車の中でのエリックとパトリシアの会話。

デヴィッド・リーンの名作「逢びき」を引用したりして、まことに無理がない。

原作は〈事実にもとづく〉とあるが、ビルマからインドへの侵攻を焦った日本軍だったら、こういう話は多いはずだ。

シンガポールの民衆が日本軍に解放された喜びを英国軍にぶつけてゆく映画を撮るために南方へ行った小津安二郎が、それが全くの嘘と知って、シンガポールのホテルでぐだぐだし、「市民ケーン」や「ファンタジア」を観ていた話を思い出した。シンガポールの民衆は全く醒めていたというのだ。

「レイルウェイ」はニコール・キッドマンが出たので救われる。老けたといわれればそうだが、鼻の形の良さと肌の白さは少しも変っていない。この映画の中の唯一の花である。

（'14・10・30）

映画の文庫本の数々

一般に映画の本は売れないといわれるが、大きな本屋へ行くと、だれが読むのだろうと思うくらい、映画の本がたくさんある。

アメリカ人の書いたものなら手にとらないでもないが、日本人が書いたアメリカの監督の本があったりする。著者の生年を見ると、一九七〇年代だったりして、ＤＶＤやブルーレイのソフトが溢れている現代でなければ考えられないことだ。

ぼくが読みたいと思うのは、自分と同年代の人が書いた自伝（特に日本人の）か、もっと古い時代を描いた本である。昔の本は特に興味がある。

「遊撃の美学　映画監督中島貞夫」というワイズ出版映画文庫が送られてきた。河野眞吾という人が質問をしてまとめた本らしく、〈映画監督デビュー50周年記念〉というオビがついている。上下二巻の本の上の部で、それでも五百ページほどある。

記憶では、この監督の映画はずいぶん観ているようで、といって、片っぱしから観ているわけではない。一九六〇年代、七〇年代が多い気がするが、上巻だけではフィルモグラフィーが付いていないので、そこらははっきりしない。

なお、この本は二〇〇四年に出たものを、上、下に分けて文庫化したらしく、二〇一四年の十一月九日から二十一日にかけて新文芸坐で五十周年の映画祭をおこなうと本のオビにある。このごろは、こういう〈映画祭→本〉という形が目立つ。

中島監督というと、一九六六年の「893愚連隊」をまず思い出すが、これは「やくざ愚連隊」と読むものと思っていた。この本で「はち・きゅう・さん愚連隊」と読むことを初めて知った。

松方弘樹、荒木一郎、広瀬義宣といった戦後派愚連隊に戦中派のやくざ（天知茂）がからむ話で、荒木一郎が良いのは当然として、天知茂が抜群。天知茂が挫折するのに対して、荒木一郎が「粋がったらあかん。ネチョネチョ生きるこっちゃ」と呟くのでこの映画は有名になったが、吉本隆明さんが「七〇年安保は寝て暮す」と記したのと同じ名言だ。中島氏は京都市民映画祭の新人賞、日本映画監督協会の新人賞を得ている。

また、ぼくが観ていないのは、ATGのやくざ映画「鉄砲玉の美学」（七三年）で、渡瀬恒彦主演である。

いまでも観たいと思うのは、杉本美樹が出ているからで、「0課《ゼロ》の女・赤い手錠《ワッパ》」や「暴走パニック　大激突」でおそいファンになったぼくは、いつか彼女を地下鉄の赤坂見附で見かけた。

高校中退でモデルをしているところを東映にスカウトされたというが、「鉄砲玉の美学」には彼女らしい場面があるらしく、これは観たい。

中島氏は一九三四年八月生れというから、ぼくより二つ下になる。千葉県東金《とうがね》市の生れで、東金中学から都立日比谷高校に進む。東大文学部美学科。東大では倉本聰氏といっしょだった。五九年、東映京都撮影所に入社。「893愚連隊」、「安藤組外伝　人斬り舎弟」と、チンピラ精神と自爆的な死に進む主人公の両側をフレキシブルな精神で描いている――とある辞典にあるが、ひとくちで言えないむずかしい作家だと思う。

「遊撃の美学」上は、作家へのしつこい質問で、そのむずかしさ（しかも大衆性）を描き出そうとしている。

同じワイズ出版映画文庫では、すでに「特技監督　中野昭慶」に触れているが、中野監督は一九三五年満洲の生れである。日本大学芸術学部卒業後、東宝に演出助手として入り、円谷英二に見出されて、一九六九年の「クレージーの大爆発」の特殊技術でデビューする。七一年の「ゴジラ対ヘドラ」から七二年の「地球攻撃命令　ゴジラ対ガイガン」を経て、一連のゴジラ映画からシナノ企画（東宝配給）の「人間革命」の特殊技術を担当する。

「特技監督　中野昭慶」は、円谷英二の仕事ぶりと死を描く前半が特に面白い。円谷の技術は

「ゴジラ」（五四年）以前の「ハワイ・マレー沖海戦」（四二年）のころに殆ど完成していたのではないか、という中野氏の言葉にも興味がある。

円谷が「これからはテレビの時代だ」と言い、一九六三年に円谷プロをおこしてテレビ番組の準備を始め、中野氏に「君も活路をテレビに向けた方がいいよ」と語りかけたという。

「人間革命」については、脚本にはノータッチで、旧日活の舛田《ますだ》利雄監督との仕事が楽しく、〈第二の師匠〉と呼んでいる。

これは〈技術の本〉といってもよいと思うが、たとえば丹波哲郎の口調が例の〈丹波調〉になったのは、「人間革命」の戸田城聖役に入れ込んでいたからだ、といった説明は、単なる〈技術〉の人ではできないと思う。

こうした当事者たちの本を作るのも大切だが、ぼく個人は向うの本の翻訳をもっと出して頂きたいと思っている。

ぼくは個人的に〈スクリューボール・コメディ〉についての洋書を十数冊もっているが、「ルビッチ・タッチ」とかハワード・ホークス論など、手がかかるかも知れないが、日本語に訳したら、かなりプラスになると思う。

〈スクリューボール・コメディ〉など、どの時代、どの作品までがスクリューボール・コメディと呼べるか、というだけで、本によってかなりちがっている。そういうこまかい部分を突ついてみたい、というのがぼくの感想である。

もう一つ、六〇年代のアメリカのテレビ番組はどうにか見られないか。

ぼくの好みでは、「ダニー・ケイ・ショー」がもっともふさわしいと思う。「サタデイ・ナイト・ライヴ」の解説などを日本語で読むことがあり、イギリスの古いテレビも売り出されることがあるが、今の日本では「ダニー・ケイ・ショー」がもっとも役に立つ。

向うの関係者にきいてみると、「ダニー・ケイ・ショー」は入手不可能というが、「姿三四郎」がほぼ完全な形になった日本の技術をもってすれば、これも全巻見られるのではないかと考えている。


（'14・11・6）

ぼくの知らない植木等作品

ようやく、小説の仕事が終ったので、TBSラジオの伊集院光の放送を聞いてみた。珍しく、明石家さんまの「踊る！ さんま御殿!!」という番組をホメていた。伊集院は、まあ、めったに芸人をホメない人だから、これはなんだ？

実は、テレビをめったに観ないぼくもこの番組は珍しく観ていた。同じチャンネルで、「きょうは会社休みます。」という綾瀬はるかのドラマをやるので、綾瀬らがPR出演するのだ。テレビの〈笑い〉、〈芸人〉というものをめったに信用しなくなったぼくは、さんまの番組も観ない。途中から観たのでよくわからないのだが、番組としては〈笑芸人〉をならべて喋らせ、さんまが突っ込んでゆくというパターンである。

「きょうは会社休みます。」のコーナーから観たのだが、とにかく綾瀬はるかがおかしい。べつに笑わせようとしているのではなく、〈ふつうに喋っておかしい〉のだ。

もっとも、これはさんまの力が大きいのだろう。伊集院がホメているのは、その方面のさんまの力であり、「会社休みます。」に出るまわりの男たちまでを笑わせるのは凄いというのである。

ただ、テレビの話をしゃべりで表現しようとしても、白けてしまう、という初歩を伊集院は百も承知である。ホメて、ホメて、やがて油が切れて、黙ってしまう。

ぼくは伊集院の番組をよく聞いている方だと思うが、このごろはコンピューター関係の話が多い。ぼくはそちらの方が全くわからないので、ラジオを止めて、本や週刊誌に目を向けることが多くなった。

昔の野球や芸ごとの話にのめり込んでゆくときの伊集院の力はすさまじいのだが、自分で白けてしまうときは沈黙に等しい。つまり、自分に対して気むずかしいのではないか。

言いかえれば、〈笑い〉という壁をかなり高くしてしまったのだ。さんまは面白くないが、伊集院はとび抜けて面白いことがある。

植木等さんの映画は全部観ていると思っていたが、例外があった。

「本日ただいま誕生」という二時間少しの作品。監督は降旗康男氏。一九七九年の作品で、川谷拓三や中村敦夫が出てくるので東映映画かと思うが、新世映画新社作品。

植木さんとしては、〈本当にやりたい映画〉ではなかったかと思う。

いきなり、雪の中の永平寺で始まる。大沢（植木等）はちゃんとすわっていられない。その意味はあとで明らかになる。

シーンが変わって、雪の中を列車がくる。どうやら戦後すぐの満洲あたりらしい。列車の中は傷病兵ばかりでひどく揺れる。笑いは全くない。上官（中村敦夫）とともに雪の中に放り出された大沢は凍傷になる。

第二十七回東京国際映画祭での特別上映で、TOHOシネマズ日本橋スクリーン7で観たのだが、東宝でも東映でもない不思議な映画だった。

この映画は一九七九年に封切られているのだが、訊いてみると、短期間の上映で打ち切りになったという。配給は東映だ。

植木等の映画といえば、「日本一の男の中の男」（六七年）までは間違いなくヒットしていた。ヒットの一本目は「ニッポン無責任時代」（六二年）だから、これは大変なことである。一九六〇年代はとにかくヒットの連続で、七〇年代に入ると彼は地味な松竹映画に出ることになる。黒澤明の「乱」（八五年）をはじめ、市川準監督のクレイジー・キャッツ総出演の「会社物語」（八八年）、木下恵介監督の「新・喜びも悲しみも幾歳月《としつき》」（八六年）ではバイプレイヤーとして良い味を出し、多くの映画賞を得ている。

「本日ただいま誕生」は、曹洞宗の僧侶・小沢道雄の原作をもとにした映画で、極寒の中に放り出されて、両足を切断した男の敗戦後の生き方を描いたまじめな映画である。

混乱する東京の闇市に生きる大沢は、戦場で自分を見すてた連中と組んで商売を始める。出てくる役者を見ていると、川谷拓三、室田日出男と、東映の実録物後期の人が多い。川谷拓三など大いになつかしかった。

アメリカ兵にレイプされて娼婦になった女が宇都宮雅代で、大沢の心にほだされて同棲したりする。大沢は商売熱心だが、仲間の裏切りにあい、結局は（たぶん元の）僧侶に戻ってしまう。

前半はややコミカルだが、大沢が托鉢《たくはつ》に出る後半はまじめで、海の近くの洞窟にいる男たちと知り合う。男たちとは、戸浦六宏《ろっこう》をはじめ、ひとくせある役者ばかりで、大沢はここで少女と知り合う。大沢と少女の旅で終るのかと思いきや、少女は戸浦の娘らしく、戸浦とともにいる写真が出てくる。映画は海辺を去ってゆく大沢の姿で終り。

当日の監督の談話では、このときは高倉健の「冬の華」とこの映画ともう一本、三本撮っていたので、頭の中が混乱していたという。お金がなくなり、渡辺プロ（あるいは植木等）から助けられたというから、かなりの状態だったのだろう。脚本の筋が通っていないので、二時間観ると、かなり疲れる。ただ植木さんがやりたかった映画なのだろうな、ということはわかる。

十月のはじめに長野の善光寺へ行った。

次女が車を運転してくれるので、妙高市に一泊し、その車で長岡に出た。

長岡は駅前にホテルニューオータニがある。ここは孫たちが小千谷《おぢや》に住んでいたころ、たずねてきて、一、二泊するホテルだった。新聞を、というと、新潟日報をくれるのもなつかしい。

ホテルのすぐ近くに大きなスーパーマーケットがある。ここは野菜が新鮮ですばらしい。

夜は、ホテル二階の肉屋（鉄板焼き）で、土地の牛肉、野菜、ガーリックライスを食べる。

この店もなつかしく、客が多いと新潟弁がとび交っている。向うは、他人にわからないと思って方言を使っているのだが、中学生のころ、二年弱、上越で暮していたぼくは、よくわかる。べつに、それが良いというのではないが。

翌日、長岡駅で弁当を買って帰宅。

うちに着いて、弁当をあけると、米がうまいのにびっくりする。違うのだ、やっぱり……。

（'14・11・13）

「アメリカン・ポップスの黄金時代」

本を送られてきたとき、ひと目見ただけで、誰の装幀かわかることがある。

さいきん、「イージー・トゥ・リメンバー　アメリカン・ポピュラー・ソングの黄金時代」（国書刊行会）という、どっしりした本が送られてきた。これは「アメリカン・ポップスの黄金時代」と短かくした方がわかり良いかも知れない。

内容を見るまえに、平野甲賀さんの装幀だ、と感じた。日本文字といい、横文字といい、平野さんのものだ。ゆっくりめくってみると、〈装幀　平野甲賀〉となっていた。原著者はウィリアム・ジンサーという人だ。

序章には、〈本書は、わたしとアメリカン・ポピュラー・ソングとの生涯にわたるロマンスの物語である〉とあった。

こういう本をぼくも書きたい、と思っていた。和田誠さんの「いつか聴いた歌」をすぐに想い出した。ぼくはウィリアム・ジンサー氏より十年遅く生れた。ということは、戦前の日本のアメリカニズム時代を少々知っていることになる。

アステアとロジャースの「空中レヴュー時代」の中の「キャリオカ」を、うちの使用人が「誰に金借りよか」とふざけてうたっていたのは、作られた翌年、一九三四年のことである。ぼくは一九三二年の生れ、映画の日本封切は一年遅れて一九三四年ということになる。「空中レヴュー時代」を観たのは戦後だが、ぼくは生れながらにして、「キャリオカ」を耳にしていたことになる。

チャップリンの「街の灯」と「モダン・タイムス」の二本立てを父親につれられて日比谷映画で観たのも戦前だ。一九四一年、日本軍の真珠湾襲撃とともにアメリカ映画は観られなくなり、一九四六年に「鉄腕ターザン」（ワイズミュラー主演ではない）を新潟の映画館で観たのがアメリカ映画再見だ。

東京に帰ると、アステア&ロジャース時代以後のアステア映画を「踊る結婚式」、「スイング・ホテル」、「晴れて今宵は」、「青空に踊る」といった白黒映画で観た。これらの中にも良い歌が沢山ある。

MGMの大プロデューサー、アーサー・フリードは出演まえにくるぶしを痛めたジーン・ケリーの代りにアステアを起用し、アステア&ジュディ・ガーランドのカラー大作「イースター・パレード」（一九四八年）を作り、大ヒットする。

映画のオープニングの生き生きとしたアステアを観れば、このミュージカル映画がすばらしいのは踊りもそうだが、歌のせいだと感じるはずだ。学校を早びけして、日比谷映画でこの作品を観たぼくは、テーマ曲を覚えていた。

これはべつに自慢するわけではないが、戦時中のロッパの舞台劇「ちょんまげ分隊長」のテーマ曲とか、一度聞くと、覚えてしまうのがぼくのクセだった。「ホワイト・クリスマス」もアステア&ビング・クロスビーの「スイング・ホテル」の中のクロスビーの歌を覚え、歌詞はあとで調べ、ノートした。いわゆる〈書きとり〉というやつだ。


この調子で書いていたのでは、なんのことやら、わからないかも知れない。

とにかく、日本は戦争に負けて、ラジオから流れる音楽が変った。軍歌のたぐいは一切いけない。といって、新しい歌はない。

よく「リンゴの歌」が流行したといわれるが、故小沢昭一さんはちがうと言っていた。ぼくも、あの歌は、NHKの舞台から並木路子がリンゴを客席にばらまき、飢えた観客が騒然となった放送で記憶している。あるいは松竹の「そよかぜ」(敗戦後二本目の映画)の中で歌われて広まったのかもしれない。なにしろ、当時、映画は歌を広めるためのものみたいだった。

では、中学生のぼくはなにを聞いていたかというと、戦前のコンチネンタル・タンゴ(NHK)、米軍の放送で「センチメンタル・ジャーニー」(日本公開は一九四八年)のテーマ。

ここらのことは、青木啓氏の「アメリカン・ポピュラー」(誠文堂新光社)、「ブロードウェイ・ミュージカルのすべて」(ヤマハミュージックメディア)ほかを調べれば、くわしく出ているが、ジンサーの本はブロードウェイの記者として、実際にその舞台を眺め、歌を愛した男が自分の経験にもとづいて書いているのが強みである。

これだけは、ぼくにはできない。十歳下ということもあるけれど、この〈黄金時代〉に、日本はアメリカと戦争をしていたというのが重大な事実である。

それでも、現実を知っているということは大きくて、「バリ・ハイ」というミュージカル「南太平洋」(一九四九年)の中のヒット曲は、ちゃんと高二(一九四九年)のときに米軍の放送できいている。毎週、「ユア・ヒット・パレード」で、何が一位で何が二位か、書きとりをやっていたからだ。

米軍放送は土曜の夜にあり、月曜日には友達と歌詞を合わせる。歌詞カードなどない時代だ。

「アメリカン・ポピュラー・ソングの黄金時代」は、一九二七年十二月の「ショウ・ボート」に始まる。

それまで軽く見られていたミュージカルの評価を一変させたのが一九二六年のエドナ・ファーバーのベストセラー小説「ショウ・ボート」。

おそろしく長い話で、映画化が三回、ロンドンでの公演が三回——とのことだ。ぼくもブロードウェイで一度観たが、やはり長く、腹の出っ張った船長を「雨に唄えば」の老ドナルド・オコナーが演じていた。

こうして、ヒット曲の歴史を辿ってゆけば、ガーシュイン兄弟、アーヴィング・バーリン、コール・ポーター、ロジャース&ハート、ホーギー・カーマイケルといった名がならぶ。

著者はコール・ポーターが好きらしいが、ぼくもコール・ポーターが好みで二本の映画――「エニシング・ゴーズ（邦題・海は桃色）」と、同じ原題の「夜は夜もすがら」。植木等さんが日生劇場で演じた舞台版を観ている。

ホーギー・カーマイケルは演技者でもあるが、代表作は「スターダスト」だろう。六〇年代の「シャボン玉ホリデー」（日本テレビ）は毎週「スターダスト」で終るが、ある夜、本物のホーギー・カーマイケルが出たことがあった。「スターダスト」を弾く前に、日本のタレントと会話を交したが、このときの通訳が青島幸男だった。大丈夫だったかな？

（'14・11・20）

日本の若い女優たち

どこかで、いきなり、

「あなた、堀北真希が好きなんでしょう」

と声をかけられたことがある。

なぜこういうことを言うのか、とぼくは考える。

「そうですよ」と答えるのは、なにか、おかしい。彼女の映画の大半は観ているつもりだし、テレビドラマも初めから観ているが、簡単に肯定したくない気もある。

そう答えてしまうと、いま、「きょうは会社休みます。」（日本テレビ）の綾瀬はるかをずっと観ているのと矛盾するような気がする。テレビドラマを観ると目が疲れると公言しているのも、おかしくなってくる。

綾瀬はるかはまず笑わせてくれる。日本では珍しいコメディエンヌである。

一方、堀北真希はひとことで形容できない女優で、早くからシリアスな役を演じていた。それだけに認められにくい。

吉田恵輔監督の「麦子さんと」は、どなたかが〈これは堀北真希の代表作だ〉と書いていたのが正しい。吉田恵輔さんは「純喫茶磯辺」というハートフル・コメディを作っていて、ぼくはずっと信用している。

ダメな父親としっかりした娘（仲里依紗）の食いちがう日常をこまかく描いた小品だが、父親がモダンな店を開くつもりで、〈純喫茶磯辺〉という名の店を開くという着想がまず面白い。「麦子さんと」もその線の作品なのだが、母親と娘（堀北）が似ていて、ともにタレントをめざしていたという設定が、映画の封切時（昨年の十二月）には、テレビの「あまちゃん」に似ていたので、無視されて損をしたと思う。似ていたのは、まったくの偶然なのだが。


亡母の骨をかかえて、母親の故郷（山梨県らしい）を訪れた麦子は、とりあえず、どういう手続きで、どういうことをしたらよいのかわからず、うろうろする。

ここで、兄（松田龍平）と自分を捨てた母親が突然、戻ってくる過去が入る。麦子は声優になるのを夢見て、兄と二人暮し。そういう状態だから、兄は結婚もできず、ウロウロしている。戻ってきた母は余貴美子で、だらしない親にぴったりである。三人でいっしょに暮そうと、夢のようなことを言っているのだが、ある時、倒れたまま動けなくなる。

「ばばあ、末期のカンゾウガンだってよ」という兄の言葉で、母の過去の生活を麦子は察するが、田舎町を歩きまわることで、母の若き日の姿がさらに浮び上ってくるのだ。

とにかく、麦子を見た土地の人は幽霊でも見たようにびっくりする。田舎のお祭りに足を向けると、松田聖子の「赤いスイートピー」を歌ってくれとたのまれ、麦子は歌詞がわからない。さらに、埋葬に必要な書類を失い、東京の兄に送ってくれと電話する。

余貴美子と堀北真希は全く似ていないのだが、ここではそれは無視。「赤いスイートピー」を歌って土地の人気者だったらしい母親の姿とその後の日々を堀北真希がつなげてしまう。哀切な母子といってもいい。

哀切な関係ではあるが、どこか滑稽でもある。こういう味を出すのが、吉田監督はうまい。母がアイドル志望だったことに娘はようやく気づく。母がどういう生活をしていたのか、娘がそれをほとんど知らないのは（いくらなんでも……）と思うけれども、そういうことは訊くわけにもいかないし、娘の声優の方もうまくいっているわけではない。ふつうだったら、娘の方が東京に帰ってしまうのだが、母の納骨をしていないから、そうもいかない。それに、町の人々が「あの娘はいま何をしている」と気にするのが辛い。

こういう役を堀北真希はひとりでやってのけるのだが、土地の人というのを、麻生祐未その他、クセのある役者が演じているので、納得できる。

娘の方もドジなので、クリネックスかなにか、鼻紙の袋を出すと、そこに書類が入っている。あわてて兄に電話すると、母の預金通帳が出てきて、そこにおまえあての金が入っていたと言われる。

ダメなお袋でも、そのくらい気をつかっていたのだ、という話なので、娘はあわてて納骨の手つづきをする。

土地の人が娘と母を同じ人間のようにあつかうのがおかしい、といえば、そうなのだが、とにかく堀北真希が二役を演じているのだから仕方がない。

すべてをすませて東京に帰るシーンで、「赤いスイートピー」が流れる。実は、この曲は映画の最初から流れていたのだが、ここで〈涙〉という人が多いらしい。ぼくは〈涙〉まではいかなかったが、松田聖子メロディはいかにもこの母の時代にふさわしいので、なるほど、とうなずいた。


いわゆる〈よくある話〉ではない。堀北真希は美人で、意外にフシギな役を演じているので損をしているのだが、もう一つ話にひねりがあれば、これは面白いドラマだと思った。

三年前の映画になるが、赤塚不二夫と女編集者（堀北）の関係を描いた「これでいいのだ!!」だって、二人があまりにも普通すぎるのが弱点だった。これは役者ではなく、脚本が平凡だったのがミスといえる。「麦子さんと」は、母子が和解していないのが面白いので、堀北はもっと評価されてしかるべきだったと思う。


いま、日本の若手女優は豊富なので、ひとりひとりあげていったらきりがないが、「愛と誠」、「るろうに剣心」の武井咲《えみ》という人は良いと思っている。あくまでも、主観ですが。

「きょうは会社休みます。」の綾瀬はるかはもちろん面白いし、メガネと目がなんともいえないのだが、今のところ（五回目）、会社より家庭の描写（とくに父親）の方がユーモラスですね。

ふつうの会社ってのは面白くないですね。もっとも、そこに年下の恋人がいるから、この場合、仕方がないのですが。

綾瀬はるかのメガネというのが、また良くできている。彼女の映画も、たぶん全部観ていると思うが、矢口史靖《しのぶ》監督の「ハッピーフライト」の主役とも脇役ともつかぬ、要するにドジな女の子の役は、どの場面もさらってしまった。ああいうことが、あるのですね。


（'14・11・27）

追悼、高倉健

訃報

十一月十八日の正午ごろ、年に一度の人間ドック健診を終えて、タクシーに乗った。家に帰って、軽食をとるためだ。

するとタクシーの運転手が、「安倍（首相）が衆議院解散を決めましたね」と言った。安倍の顔を思い浮べるのも不愉快なぼくは、とっくに決めていたことなのに、と思った。役人と打合せをしてから、海外出張に出ていたにちがいない。

「高倉健さんが亡くなりましたよ」

運転手は残念そうに言った。

「え、いつ？」

「十一時過ぎのニュースでやりました。病院に入っていたんですね。悪性リンパ腫とかで……」

ぼくは黙っていた。

最後の映画「あなたへ」をテレビで観たのは最近であったが、キャメラから遠ざかっていくとき、足が少しぶれるようだった。だが、八十三になれば仕方がない。体力で売ってきたスターが八十まで仕事ができるのが不思議である。「あなたへ」は八十のときの作品だった。

家に帰ってテレビをつけると、〈健さん〉の姿ばかりだった。

高倉健の軌跡は四つくらいに分けられると思う。

主演第一作「電光空手打ち」から金田一耕助を演じた「悪魔の手毬唄」までの初期作品はほとんど観ていない。ただ、ぼくが共感するのは、一九五五年（昭和三十年）ごろは大学を出ても、ほとんど仕事がなく、健さんが五五年秋に〈食うために〉映画界に入ったことである。高倉健より学年が二つ下のぼくは、一九五六年には〈食うために〉横浜へ行った。あんな陰惨な時代はなかったと、いまにして思う。

高倉健が〈健さん〉になるのは、沢島忠の「人生劇場　飛車角」か、小林恒夫の「暴力街」あたりといわれるが、本格的にはマキノ雅弘の「日本侠客伝」シリーズ全十一作、石井輝男の「網走番外地」全十作、佐伯清らの「昭和残侠伝」全九作であろう。一九六〇年代の東映経済を支えた〈健さん〉をぼくが積極的に観に行く気になったのは、内田吐夢監督の「宮本武蔵」シリーズにおける佐々木小次郎役であった。背が高くカラフルなあの小次郎でなければ、中村錦之助の武蔵には対抗できなかったと思う。

年代的に、ぼくは「死んで貰います」という台詞を愛した全共闘世代より少し古いのだが、藤純子の引退記念映画「関東緋桜一家」（七二年）を観て、なんとなく〈健さん〉の時代も終るのではないか、と予感した。そして「昭和残俠伝　破れ傘」を観て、これで終りだな、と思ったころ、深作欣二監督の「仁義なき戦い」シリーズが大ヒットしていたのはいうまでもない。

マキノ雅弘が、森繁久彌と高倉健と藤純子は天才的なスターだと語っていた、とラジオである芸人が話していたが、ほぼそういって良いと思う。

そして、「幸福《しあわせ》の黄色いハンカチ」（原案はアメリカのフォークソング）の高倉健はどうも合わない、と語っていたが、ぼくもそうである。東映を離れて、東宝の大作で雪の中に立ちつくすような姿を見せるようになったのは演技者の一つの生き方だが、やはりブン殴るような殺陣《たて》を見せた若き日の〈健さん〉が良かったと考えるのである。

だが、いまや〈国民的スター〉であり、当分は別格扱いになるだろう（「ブラック・レイン」の特別上映などは良いことだが――）高倉健についてうっかりしたことは言えない。

ぼくも、心の中で手を合わせることにしよう。

「ザ・ヤクザ」

高倉健は「燃える戦場」（七〇年）あたりからハリウッド映画に出るようになった。

ぼくの記憶では、製作・脚本・監督ロバート・アルドリッチの「燃える戦場」がそのはしりで、ジャングルに逃げ込んだ米軍を追跡してくる日本軍の少佐が高倉健の役。ロケ地はフィリッピンである。

一般的には「ブラック・レイン」（八九年）が好まれると思うが、高倉健が〈健さん〉らしさを見せたのは、七五年のワーナー映画「ザ・ヤクザ」だと思うし、もう一度観てみたい。

製作が俊藤浩滋とシドニー・ポラック。

原作がレナード・シュレイダー。脚本がポール・シュレイダー、ロバート・タウン。

監督がシドニー・ポラック。音楽デイヴ・グルーシン。アメリカより日本の方が公開が早かった。

――ロサンゼルスで海運業をいとなむタナー（ブライアン・キース）の娘が日本滞在中に東野組に誘拐された。東野組長（岡田英次）との武器売買契約をタナーが無視したためだ。

タナーの旧友ハリー（ロバート・ミッチャム）が来日し、彼に義理があるヤクザの幹部田中（高倉健）に協力を求める。

この映画には、ロバート・ミッチャムのほかに岸惠子が出ていたが、なにしろ四十年ぐらい前に観たので、忘れてしまっている。

新幹線のスピードを真横から撮ったのがみごとだった。高倉健が日本刀でヤクザを斬ってすてると、ロバート・ミッチャムが腰を抜かして、へたり込んでしまうシーンがショックだった。

〈銃より刀がこわい〉というアメリカ人の感覚がもろに出ていて、なるほど、こういうものかと唸った。

ただ、脚本家がサムライとヤクザの区別がついていないために、ヤクザの高倉健が京都の道場にいるシーンがあるなど、これでいいのか、と思うところがあった。古いヤクザと妙に文化的な現代日本が入り混り、そのために内外の批評では無視されたのだろう。

高倉健は九三年に「ミスター・ベースボール」というフレッド・スケピシ監督の映画に出ている。

当時人気のトム・セレックが大リーグから中日ドラゴンズにトレードされる選手の役で、きびしい監督（高倉健）の娘と恋に落ちる、といった日米カルチャー・ギャップをテーマにした野球コメディ。

高倉健の無口できびしい役は、どのアメリカ映画でも日本と同じだった。


（'14・12・4）

ポランスキーと健さん

ロマン・ポランスキー監督は八十一になる。

いま、この年齢の現役監督といえば、クリント・イーストウッドとウディ・アレンだけになるが、このところ、「ゴーストライター」、「おとなのけんか」、「毛皮のヴィーナス」と観てきて、本当にうまい監督だな、と感心してしまった。

長篇第一作「水の中のナイフ」から観てきたが、「反撥」、「袋小路」、「吸血鬼」、「ローズマリーの赤ちゃん」と観て、無駄な弾丸《たま》が一つもない。「マクベス」、「チャイナタウン」、「戦場のピアニスト」——ほとんどが賞をとるか、常にノミネートされている。

「吸血鬼」で出会った美人女優と結婚したが、夫人はマンソン一味に惨殺された。先日、マンソンがまだ生きているというニュースを新聞でみて、ぞっとした。アメリカは州によっては、これほど罰がゆるいのだ。

ポランスキーは「フランティック」（八八年）でエマニュエル・セニエを使った。良い女優だと思ったが、予想通り、ポランスキーと結婚した。

八十一になるポランスキーの写真を見ると、あいかわらず、ダニー・ケイに似ている。「毛皮のヴィーナス」はマゾッホの自伝的小説の戯曲化を手がける話で、ワンダという謎の女はエマニュエル・セニエが演じ、自信家の演出家トマ（マチュー・アマルリック）と二人しか映画の中の舞台劇には出ない。

マチュー・アマルリックは中年期のポランスキーとよく似ている。そして、このカップルは、いやでもポランスキー夫妻を思わせる。ここで、〈喜劇を撮りたい〉といっていたポランスキーの望みはみごとに成功している。

すべてはオーディションの一景なのだ。自信家のトマは無知なワンダに対してゴウマンな態度をとり、すべてを支配しようとするのだが、ワンダは意外にも分厚い台本を読んでおり、台詞もおぼえている。二人の関係が逆転してゆくのは容易に推理できるが、ドラマの終りに近づいて映画「毛皮のヴィーナス」はさらに変化を見せる。

ポランスキー監督は演技者としてもみごとなもので、「吸血鬼」の中の吸血鬼退治の青年が面白かった。

「チャイナタウン」では、コメディアンから一転して、殺し屋を演じた。ナイフでジャック・ニコルソンの鼻を切ってしまう役で、以後、ジャック・ニコルソンは鼻にバンドエイドを貼って出演する。

そもそも喜劇が好きだと語っているのだから、コメディアンとしても、そこそこの演技を見せる。アルフレッド・ヒッチコックの映画が恐怖と笑いに両足をかけているように、ポランスキーも同じだ。

「毛皮のヴィーナス」の演出家も、重々しくふるまいながら、しだいにコミカルな人物になってゆく。一方、貧乏くさいワンダはSMでいえば、はじめMなのだが、次第にSになってゆく。

このところ、風邪気味で、DVDかテレビを見ていた。テレビといっても、年にドラマ一つぐらい（去年は「あまちゃん」）がせいぜいである。

今年は珍しく二本見ている。

NHKの「さよなら私」がその一本。見る理由は簡単だ。石田ゆり子が出るからである。石田ゆり子は昔のテレビドラマ「不機嫌な果実」のころから見ている。

「さよなら私」は七回目が終ったところだ（全九回）。永作博美が石田とつかみ合いの喧嘩をし、内面が入れ替ってしまうフシギなドラマでどう終るのか？

これが火曜日で、水曜の夜には「きょうは会社休みます。」がある。綾瀬はるかを見るためだが、火、水と、夜十時からというのは、目の悪いぼくにはきつい。どちらも、あと二、三回で終るから助かるのだが。

「さよなら私」は久しぶりに石田ゆり子を凝視するための作品。それに、プロットも面白い。

「きょうは会社休みます。」は、処女をこじらせた三十の娘の悩み、恐れをオーバーに描き、メガネ姿の綾瀬はるかが細かい芸を見せてくれる。彼女と両親の関係も面白く、父親を演じる役者さんがうまい。ぼくは娘を二人育てたので、父親がトボけたり、あわてたりする演技を見るのが楽しみだ。

綾瀬はるかの勤務先の人々、降ってわいたような恋人、仲里依紗の演じる当世風のチャッカリ娘とそのボーイフレンド、キザな中年男など、演技陣ががっちり組んでいる――という気がする。

火、水はこのドラマにつかまったので、他のドキュメンタリー物は見られない。あとは選挙物ばかりで疲れてしまう。

特に水曜日のドラマは、久々に綾瀬はるかが実力を見せるので、やめられない。

大瀧詠一さんの〈初のベストアルバム〉「ベスト・オールウェイズ」を頂いた。十二月三日（水曜）に発売決定、とある。

これはありがたかった。大瀧さんの曲は「ラジオ深夜便」などで突然かかったりするのだが、ゆっくり、少しずつ聞くことがなかなかできない。このベストアルバムは、ぼくのようなシニアにとって、まことに便利なものである。

今年は大瀧さんが亡くなって――いや、亡くなったのは昨年の終りだが――話をする人がいなくなってしまった。大瀧さんが元気なら、植木等さんの埋もれていた映画の話や、小林旭が元気ですなあ、といった世にいうバカバナシができたのだ。

年末にきて、高倉健さんが亡くなったのも、ぼくのような古い人間には痛かった。江利チエミのテレビショーの最後に、若い健さんが現れて、彼女をかかえて去ったのをおぼえている。

それから一九七七年（昭和五十二年）だった。「幸福の黄色いハンカチ」がキネ旬でベスト1になり、健さんは主演男優賞を得た。ぼくがピカデリーの舞台に立っていたのは、キネ旬の読者賞を得たからだろう。

そのとき、司会者が「小林さんは健さんのファンだそうで」と言い、健さんはニッコリ笑って右手をさしのべてきた。

恥ずかしいことである。ぼくは逃げるわけにもいかず、右手をさし出して健さんの大きな掌を握った。どうしようもない。あんな恥ずかしかったことはない。

（'14・12・11）

菅原文太、伊東四朗、吉村公三郎

菅原文太の死

吉村公三郎についての本を読んでいたら、ラジオのニュースが菅原文太の死を告げた。東映の発表では、肝不全とのことであった。

ぼくの記憶では、ファッション・モデルとしてスタートした人だった。新東宝にスカウトされたのが一九五八年。石井輝男監督の「白線秘密地帯」に端役で出た、と「キネマ旬報」の事典にある。

翌五九年、新東宝は吉田輝雄、寺島達夫、高宮敬二、菅原文太の四人を〈ハンサム・タワーズ〉の名で売り出した。前年に完成した東京タワーにちなんだという。

新東宝は六一年五月に製作を中止、〈ハンサム・タワーズ〉全員は松竹に引き取られた。荒っぽい外見が松竹のカラーと合わなかったが、彼は木下恵介監督の「死闘の伝説」（一九六三年）で中国大陸で残虐行為を犯して復員した村長の息子を演じ、そういう俳優は松竹にいないから、非常に目立った。

六六年には、加藤泰《たい》監督の「男の顔は履歴書」で、闇市で暴れまわる韓国人を演じ、役柄がはっきりした。「血と掟」、「逃亡と掟」、「男の顔は履歴書」といった安藤昇主演作品に連続出演したために、東映京都撮影所で俊藤浩滋プロデューサーに東映入りをすすめられた。六七年秋、東映やくざ映画の全盛期である。東映入社第一作は久しぶりの石井輝男作品で、「網走番外地　吹雪の斗争」で、安藤昇も客演していた。

翌年、山下耕作監督の「極道」で主演の若山富三郎の脇にまわり、「極悪坊主」シリーズあたりから、ぼくはこのうす気味の悪い、危険な人物をよく見るようになった。中でも、「緋牡丹博徒　一宿一飯」が目立ったように思う。

当時の東映は二本立てだから、二週通えば、ドライな菅原文太の姿をいやでも見るようになり、やがて主演スターとしての地位になったのがわかる。そのスタイルを決定づけたのは、七二年の深作欣二の「現代やくざ　人斬り与太」、「人斬り与太　狂犬三兄弟」だろう。

このあたりは新宿昭和館の三本立てで見ているが、深作欣二監督がきたえてきたカメラが横になったり、左右に揺れたりする演出が完成した。ただ観客は入っていない。「これじゃ駄目だよ」と文太はボヤいていたという。

あくる七三年、広島やくざ抗争を内側から描いた美能《みの》幸三の手記「仁義なき戦い」が東映の中堅スターを動員して映画化された。美能（広能《ひろの》の名になっている）を演じたのは文太で、主役というよりもチンピラ群像劇の狂言まわしである。スターが足りないので、つぶれた日活映画から小林旭が入って文太と正面からぶつかり、金子信雄、加藤武、成田三樹夫、梅宮辰夫、松方弘樹、千葉真一らが火花を散らす。広島弁を駆使した笠原和夫氏の脚本がすばらしく、氏は第四部までで筆をおき、第五部は別な人が書いている。

この第一部から第五部までを通して見たことがあるが、溜め息が出るほど面白かった。リアルタイムで見て、封切館でまとめて見るなど、ゼイタクなことであった。

伊東四朗77周年記念上演

十一月二十九日、下北沢の本多劇場で、伊東四朗七十七歳を記念する「吉良ですが、なにか？」（三谷幸喜作）を見た。伊東四朗がうまいのは百も承知である。プログラムを見たら、ぼくは一九九五年の「エニシング　ゴーズ」からの全舞台を見たことになる。重なっているのは「その場しのぎの男たち」で、三回見ているが、見るごとに感心する。

吉良役の伊東のほかに、大劇場で見そびれた福田沙紀、演出を兼ねたラサール石井、戸田恵子が楽しみで、まあ、こういう書き方は他の役者さんに失礼だと思う。

ラストで話がひっくりかえるのはさすが。伊東四朗としては〈性格俳優〉の要素の方が少し多いが、それでも笑わせるのがすばらしい。

吉村公三郎について

「映画監督　吉村公三郎　書く、語る」（ワイズ出版）を贈られた。オビに〈名匠にして奇才〉とあるが、吉村さんの本が出ればよいと前から考えていたので、一夜にして読んだ。

もはや、吉村さんの映画の話ができる人はいない、と思っていた。この本は、吉村さんの映画人生を、ご当人のエッセイと原節子、山口淑子らとの対談を集めて、わかり易く読めるようにしたものである。

戦後、〈新しい映画〉といえば、黒澤明、木下恵介、吉村公三郎の三人であった。

木下恵介の「結婚」（一九四七年）を見て、吉村氏はこう書いている。

〈私達のあとから出て来た監督で、東宝の黒澤（明）氏と木下君は確かに私達の水準を抜いて行く人だと兼ねて思っていたが、黒澤君はその脚本家的才能で、木下君はその撮影技法の巧さで、今や私達を追い越そうとしている。〉

松竹での後輩にあたる鈴木清順は「三人の中では吉村さんが好きだった」といつか語っていた。

ぼくが最初に見た吉村作品は「西住戦車長伝」（一九四〇年）で、「キネマ旬報」のベスト・テン二位になっている。ぼくが七つぐらいの時なので、敵（中国兵？）が西住戦車長を狙撃するショットしか覚えていない。この記憶もいいかげんだ。

吉村公三郎といえば、その前年の「暖流」（前後篇）がベストといわれていたので、のちにビデオを買って見たが、これは短縮版であった。しかしニコライ堂の見える喫茶店内など、まるでフランス映画だった。

「象を喰った連中」（一九四七年）というスクリューボール・コメディも面白かったが、この年の「安城家の舞踏会」は新藤兼人の脚本の力もあってか、原節子が輝いていた。

以下、「わが生涯のかゞやける日」（山口淑子が出色）、「森の石松」、「真昼の円舞曲」、「春雪」といった佳作は、すべて新藤兼人とのコンビで、ここで松竹を退社する。

これからあとの「偽れる盛装」、「千羽鶴」、「足摺岬《あしずりみさき》」等々は、大映、近代映画協会、日活と会社は変っても、脚本はほぼ新藤兼人である。船越英二という名脇役を掘り出したのも吉村の手柄の一つだ。

後半は病気のために不調で、二〇〇〇年に八十九歳で死去した。

（'14・12・18）

オリンピック二〇二〇とゴジラ

二〇二〇年東京オリンピックに浮かれて、あちこちの建物をこわしたり、作ったりの噂が多い。これでまた、東京がホコリだらけになるのかと思うと、うんざりする。

それまで生きるつもりかとヤジられるかも知れないが、ぼくは東京しか知らない人間で、他の土地を知らない。その東京に生れて、しかも、しずかに暮せたのはほんの数年である。

一九六〇年ごろだったか、虎の門に近い西久保巴町《ともえちょう》の会社にいると、すぐ裏手で大きな音がした。

「なんだ、あれは？」

と言うと、

「ホテルができるんです。崖を崩しているんですよ」

と部下が答える。

「ホテル？」

とぼく。

「こんなところにホテルを作るのか？　オリンピックのためといっても、外人にこんな場所はわからないだろう」

「でも、アメリカ大使館の前ですから」

「そうだとしても、場所が悪いや。外人は帝国ホテルに泊るんじゃないか」

当時、〈外人〉が泊れるホテルは東京では帝国ホテルと第一ホテルしかなかった。ぼくはテレビの仕事で第一ホテルによくかんづめになっていた。トイレは洋式だが、部屋の狭さが欠点だった。

会社では、年中、ガタガタ音がして、出来上ったのはホテルオークラだった。一九六二年(昭和三十七年)。

翌年、東京ヒルトンホテルが赤坂に出来、さらにその翌年にはホテルニューオータニが完成している。ほかにも、ホテルは作られたが、一九六四年の東京オリンピックのために作られたのは、オークラ、ヒルトン、ニューオータニが御三家ということになっている。

二〇二〇年の東京オリンピックのために、ホテルオークラは来年から工事に入ると報じられている。このホテルは防音に問題がある、というのがぼくの実感だ。外人に好評なのは、〈日本風のロビー〉だと新聞が報じている。

十二月五日にここで、第六十二回菊池寛賞の会がおこなわれた。八年前に、ぼくもここで、菊池寛賞を頂いている。

寒い中に出かけたのは受賞者の中にタモリの名があったからだ。タモリの挨拶を聞きたいという気持と、できれば久々に声をかけたいと思ったからだ。

タモリの功績は、三十二年つづけて「笑っていいとも！」の生放送の司会をつとめたことと〈日本の笑いを革新した〉とパンフレットにあった。

すぐあとに生放送があるので、正装のタモリは短いが機知に富んだ挨拶をし、さっと姿を消した。挨拶ができず、残念。それでも、ぼくは満足して、家族と上海蟹のコースを食べに銀座に出た。


二〇二〇年の東京オリンピックが中止になればいいとぼくは思っているが、いまの世の流れから見ると、そうもいかないと思う。

一九五三年（昭和二十八年）から一九六三年（昭和三十八年）までの、たとえオリンピック用三大ホテルが作られたとしても、また六〇年安保反対運動があったとしても、根本的に東京も日本も変らないというあの実感は二度ととりもどせないと思う。

なぜ東京オリンピックをやるのかという疑問は、スポーツに興味のないぼくだけのものとしても、なにか日本人が取り憑《つ》かれたようになるのが気持が悪い。

こういう状態をぼくは戦前、一九四〇年（昭和十五年）に体験している。町内のミコシだか、行列だかが、どっと、ぼくの家（店）になだれ込んできて、「紀元は二千と六百年」と酔っぱらいが歌ったのを、小学二年ぐらいのぼくは呆然と見ていた。「紀元二千六百年」という歌があった。どういう計算なのか、この年の日本は世界一の紀元二千六百年であるとして、酒などが特配（特別配給）されたのである。

日本人全部が狂ってしまったようなものだが、これは〈バンザイ突撃〉の前夜であり、翌年、日本軍は真珠湾を攻撃した。

ぼくは小学生だったから、勝った、勝った、と喜んでいたのだが、アメリカは翌年（一九四二年）の春に復讐の空襲をしてきた。「東京上空三十秒」という映画にこの復讐がこまかく描かれている。日本人はその空襲がチャチだと笑っていたのだが、一九四四年秋から東京空襲が始まり、一九四五年三月の東京大空襲、ヒロシマ、ナガサキへの原爆投下に至った。もっと早く手を上げればよかったという説が最近広まっており、ぼくもそう思っているが、アメリカが途中で日本を許したかどうか、はなはだ疑問である。

これから東京でおこなわれる土建屋ビジネスを想像すると、頭が重くなる。オリンピック二〇二〇というのは、そうしたビジネスと密着しているのだ。

近年のオリンピックは〈人寄せ〉である。むかしはともかく、今はテレビがあるから、スポーツそのものは、地球の裏側にいても見られる。すでに各種スポーツ会場のある国では、プラスαで人寄せをする。

新宿にシネコンが二つできたから、歌舞伎町の映画館はさびれると、かねてから警告されていた。そうかなあ、と思っていたが、コマ劇場が閉鎖されると、どうも本当らしくなった。本物の大劇場である新宿ミラノは旧作・名作で最終上映をおこない、十二月末で閉館。

では、コマ劇場は？

新宿コマ劇場の跡地《あとち》に、来年四月に〈新宿東宝ビル〉が出来ると、十二月八日の東京新聞にある。

地上三十階、高さ百三十メートルのビルで、高さ四十メートルの八階屋外テラスに、ゴジラの頭部が置かれるという。「ゴジラVSモスラ」の頭部のデザインを採用したもので、夜はライトアップし、背びれが青白く光って鳴き声も出る。

これがマンションになるのか、映画館になるのか知らないが、東宝は、

〈国内で最も多くの外国人が訪れる新宿の新たなランドマークとして、世界にゴジラを発信していこうという思いを込めた〉

と話して、青いイメージ図が新聞に出ている。あまり気持の良い人寄せではないが、これが東京オリンピックの本音らしい。

（'14・12・25）

年も押しつまっての選挙である。それぞれに――特に自民党は――事情があるのだろうが、こんなに弱々しい選挙は戦後はじめて見た。力が抜けるとはこのことだ。

ぼくの選挙区は都内だが、候補者が三人しか出ていない。自民党を除けば、二人である。やれやれ。

自民党がバカ勝ちすると、事前にマスコミが叫んでいて、その通りになったのだから、ガッカリした。若い人が投票にいかないのも、わからない。ぼくが若いときは、まだ戦争の匂いがプンプンしていたから、勇んで――というほどのこともないのだが――投票に出かけた。社会党左派といった人々に投票したのだろう。

戦争をやりたい、軍備を持ちたい、などという党に票を入れることはなかった。戦争がバカげていることを、当時の日本人は身に叩き込まれていたからである。

気が抜けた翌日、クリント・イーストウッド監督の「アメリカン・スナイパー」を観るためにWBの試写室に出かけた。風が冷たい夜である。

「ジャージー・ボーイズ」を作ったあとのインタビューで、「次の映画を二日前に作り終えた」と語っていた、その映画が「アメリカン・スナイパー」だ。「アメリカの狙撃者」――ずばりの題名である。

イーストウッドは多くの作品を作っているが、ずばり、戦争映画というのは少い。喜劇「戦略大作戦」は、自分で失敗作と言っている。「荒鷲の要塞」と同じブライアン・G・ハットン監督のものだが、イーストウッドは後者の方が良かった。

その後、「父親たちの星条旗」、「硫黄島からの手紙」を除けば、純粋の戦争映画としては「ハートブレイク・リッジ／勝利の戦場」しかない。一九八六年の映画で、イーストウッドは〈間の抜けた偵察小隊を鍛える〉マッチョで、別れた妻とよりを戻す役を生き生きと演じる。ジョン・フォードの小品西部劇に近い味だ。

マッチョと家庭をはかりにかけた男が主人公という意味では、「アメリカン・スナイパー」の主人公クリス・カイル（ブラッドリー・クーパー）もよく似ている。ただ、似ているだけで、今度の主人公の像ははるかに大きく、複雑である。

クリス・カイルが二人の著者とともに書いた自伝「アメリカン・スナイパー」にもとづき、ジェイソン・ホールが脚本を書いた。撮影はトム・スターン（「チェンジリング」）、美術をジェームズ・ムラカミ（「チェンジリング」）という仲間でかためたイーストウッドは、映画をすさまじい音とWBの商標ではじめる。

イーストウッドが興味をもったのは、クリスという人物の伝説的な強さ、そして妻のタヤ（シエナ・ミラー）への愛情のねじれにあった。

イラク戦争を描いた映画は幾つかあったが、まず思いつくのは女性監督キャスリン・ビグローの「ハート・ロッカー」である。これはイラク戦争下の爆発物処理班を描いていて、主人公はアメリカに帰っても、〈ふつうのこと〉がわからなくなってしまう。ラスト近くでスーパーマーケットに買物に行っても、どの銘柄のシリアルを買ったらいいか途方に暮れる。戦場では手際がよかった男がスーパーマーケットの買物ひとつできない——そこがリアルで良いとぼくは書いた記憶がある。

イーストウッドの「アメリカン・スナイパー」はもう少し強い作品で、主人公クリスと戦友たちとの関係も重要だが、クリスと妻のタヤとの関係も重く、クリスが妻と長距離電話で話しながら銃を撃ちつづけるシーンでは、銃の方が先行してしまう。

タヤと知り合って間もなくだったと思うが、テレビでニューヨークの世界貿易センタービル二棟がハイジャック機によって破壊される事件をクリスは見る。ここでクリスは性格が変ってしまう。いわゆる9・11事件であるが、クリスの心は〈国を守る〉方に大きく動く。

クリスは四度、戦場に行ったことになるが、最初のきっかけはこれである。ここから、クリスは〈伝説〉とからかわれるヒーローとなり、百六十名の敵を殺す。クライマックスは敵のナンバー2との対決で、アメリカ兵も大勢殺される。ロケはモロッコでおこなわれたらしいが、ヘリコプターから見た町のあちこちで殺戮《さつりく》が展開されている。ナンバー2らしき男が家の屋根から屋根へ飛び移るのを地上から撮った画面が凄い。敵が容易につかまらないのは、日中戦争時に子供ながらイライラして見たニュース映画を思い出す。

イーストウッド映画にしては珍しく、色っぽいタヤ夫人が出てくる。女性の顔が細長い好みは変っていないが、長い戦争の間に二人の子供が出来、〈家庭〉が大きなウェイトを占めてくる。クリスは家庭にとどまる気になり、テキサスに引越すが……。

「ハート・ロッカー」も良い映画だったが、主人公が〈祖国〉と〈家庭〉に引き裂かれるような悲劇はなかった。このあと、クリスの身に起った悲劇は二〇一三年二月二日だったというから、まだ二年たっていない。クリスが〈伝説的なヒーロー〉でいられないのは世界のあちこちでおこっている虐殺を見ればわかる。ぼくは「アメリカン・スナイパー」という映画を正邪の戦いとしては見られなかった。米・英のイラク空爆をもともと認めていないからだ。

イーストウッドの映画をいつも楽しんで観るぼくが、そうもいかなかったのは珍しい。

長い小説を書きあげたからといって、ひまではない。

それでも、テレビドラマというものを二つ観た。

一つはNHK総合（火曜）で九回つづいた「さよなら私」。

高校時代、親友だった永作博美と石田ゆり子が神社の階段を転げ落ちたとき、ハートが入れ替ってしまうというファンタジー。

　そういう日本映画があったらしいが、まあ、関係はなかろう。永作の夫が、独身の石田と関係していたことから争いになったのだが、ハートが入れ替ったので事情も変る。しかも、永作は乳ガンで男の子がいる。どうなるのかと思って、最後まで見てしまった。

　日本テレビで水曜夜の「きょうは会社休みます。」（十回）は、綾瀬はるかに引っぱられて全部見た。綾瀬パワーは強く、ドラマはハッピーエンド。横浜がよく描かれていた。

（'15・1・1／8）

あとがき

「週刊文春」の連載エッセイをまとめた本は、これで十七冊目です。

二〇一四年（平成二十六年）に書いたエッセイを収めました。

ひとことで言えば、天気が悪く、友人が多く亡くなった年ですが、そういうことばかり思い起こされるのはぼくの体調のせいもあるでしょうか？

とにかく、大瀧詠一さんの死で明け、明暗のイーストウッド作品で終りました。

クロニクルのつもりであるこのエッセイ集の、今までの刊行分は次の通りです。今までの十六冊にも目を通して頂けると幸いです。

1　「人生は五十一から」（文春文庫）
2　「最良の日、最悪の日」（文春文庫）
3　「出会いがしらのハッピー・デイズ」（文春文庫）
4　「物情騒然《ぶつじょうそうぜん》。」（文春文庫）
5　「にっちもさっちも」（文春文庫）

6 「花と爆弾」（文春文庫）
7 「本音を申せば」（文春文庫）
8 「昭和のまぼろし」（文春文庫）
9 「昭和が遠くなって」（文春文庫）
10 「映画×東京とっておき雑学ノート」（文春文庫）
11 「女優はB型」（文春文庫）
12 「森繁さんの長い影」（文春文庫）
13 「伸びる女優、消える女優」（文春文庫）
14 「人生、何でもあるものさ」（文春文庫）
15 「映画の話が多くなって」（文藝春秋）
16 「『あまちゃん』はなぜ面白かったか？」（文藝春秋）
17 本書

二〇一五年四月

小林信彦

初出誌　「週刊文春」二〇一四年一月十六日号〜
二〇一五年一月一日・八日号

著者略歴

昭和七（一九三二）年、東京生れ。早稲田大学文学部英文学科卒業。翻訳推理小説雑誌編集長を経て作家になる。昭和四十八（一九七三）年、「日本の喜劇人」で芸術選奨文部大臣新人賞受賞。「丘の一族」「家の旗」などで芥川賞候補。平成十八（二〇〇六）年、『うらなり』で第五十四回菊池寛賞受賞。
主な作品は、『丘の一族』『袋小路の休日』『決壊』（以上、講談社文芸文庫）『東京少年』（新潮文庫）『日本橋バビロン』（文春文庫）『流される』『つなわたり』（以上、文藝春秋）など。

ISBN978-4-16-390259-3

女優《じょゆう》で観《み》るか、監督《かんとく》を追《お》うか
——本音《ほんね》を申《もう》せば

二〇一五年五月十日　第一刷発行

著　者　小林信彦《こばやしのぶひこ》
発行者　吉安章
発行所　株式会社　文藝春秋
〒102-8008　東京都千代田区紀尾井町三ノ二三
電話　〇三―三二六五―一二一一
印刷所　凸版印刷
製本所　加藤製本

万一、落丁・乱丁の場合は送料当方負担でお取替えいたします。小社製作部宛、お送り下さい。定価はカバーに表示してあります。

小林信彦の本

日本橋バビロン

かつて日本有数の盛り場だった日本橋に生まれ育った著者が、実家の和菓子屋の盛衰を、土地とそこに住む人々の歴史として振り返る

文藝春秋・文春文庫

小林信彦の本

流される

「私」はどうやって「私」になっていったのだろうか。人生と時代への諦念と進取の志に揺れる青春を緻密に描ききった自伝的小説

文藝春秋

小林信彦の本

つなわたり

日本経済が斜陽に向う頃、四十代の「わたし」は由夏に再会する。女との初舞台を未だ踏まぬまま……。中年の危機をほろ苦く描く傑作

文藝春秋